Kay Noa

Das Labyrinth der Prinzen

1. Auflage

Ein Buch der Reihe „Märchenverhaftet“

Covergestaltung: S4S - GL

Korrektorat/Lektorat: S4S – BG

Verlag: Publz oHG, München, 2021

machung, wozu auch das Teilen über „Tauschbörsen" zählt. Der Text enthält eingebettete Signaturen, die eine Verfolgung illegaler Kopien zu ihrem Ursprung ermöglicht.

Bibliografische Information der Deutschen Nationalbibliothek:
Die Deutsche Nationalbibliothek verzeichnet diese Publikation in der Deutschen Nationalbibliografie. Bibliografische Daten sind im Internet über http://dnb.d-nb.de abrufbar.

Infos und Kontakt zu der Autorin: www.kay-noa.de

Inhaltsverzeichnis

Verschlossene Türen

Es gibt wenig Endgültigeres auf der Welt, als eine Tür, die sich wirklich schließt. Das normale Schließen meinte Ayra nicht, dafür waren Türen ja da, um je nach Bedarf offen oder geschlossen zu sein.

Aber manchmal verhieß das Geräusch, mit dem schwere Türen ins Schloss fielen, ein Ende ohne Neuanfang. Den Abschluss von allem, was davor gewesen war, den Ausschluss von allem, was dahinter lag.

Und Ayra war seit heute dahinter, was der Grund für diese Grübeleien sein mochte.

Sie meinte noch, das Beben in ihrem Magen zu spüren, mit dem diese Tür geschlossen worden war, ihr bisheriges Leben beendet. Dieses dumpfe Schleifen, mit dem schwere Riegel auf der anderen Seite in ihren Halterungen einrasten, Holz auf Eisen, gesichert mit Stahlstiften, die ein ganz anderes Geräusch verursachten, wenn sie eingeklinkt und arretiert wurden.

Daran würde sie sich vermutlich für alle Zeit erinnern, war es doch das Letzte, was sie von ihren Freunden, ihrer Familie, ihrem alten Leben bekommen hatte.

Jetzt hingegen musste sie sich neu erfinden.

Ein neues Leben, ohne Freunde und Familie, ohne Sicherheit und Wissen.

Ayra war im Labyrinth der Prinzen, an jenem sagenumwobenen Ort, der im ganzen Reich und weit darüber hinaus Quell dunkler Albträume und Ängste war. Man fürchtete, hineinzumüssen. Doch mehr noch fürchtete man, was herauskommen könnte, wenn niemand hineinging. Die Alten sagten, im Inneren des Labyrinths sei die Fratze aller Ängste zu Hause.

Doch für Ayra hatte Angst kein Gesicht. Sie konnte sie riechen. Sauer-scharf wie gärende Zitronen mit etwas Erdigem, Dumpfen, wenn die Angst aus tiefstem Herzen kam.

Schulterzuckend umfasste sie den Stab aus glatt poliertem Erlenholz fester und tastete sich über den glatt behauenen Felsboden von dem Tor weg, hinein in die ungewöhnlich stoffliche Schwärze, die das Labyrinth auszeichnete.

Die Sehne am oberen Ende ihres Stabes strich sanft über ihre Hand, als sie mit dem unteren Ende bewusst etwas fester auf den Boden klopfte. Klack, Klack, Klack. Und gerade nicht mehr im selben Augenblick kam das Echo: klackklackklack. Leiser, weil der Raum riesig war, und aus mehreren Richtungen, was zeigte, wie verwinkelt er sein musste.

Sie lächelte. Nun, das Labyrinth wusste offenbar, was man von ihm erwartete.

Langsam, ein paar Schritte nur, ging sie weiter, zielstrebig auf die Mitte des Raums zu.

Die Luft veränderte sich um Nuancen. Sanft strich ein Luftzug über ihre linke Hand und verriet, dass dort ein Eingang in einen der Tunnel sein musste. Etwas kühler drei Schritte weiter ein anderer. Der Weg, den diese Luft genommen hatte, musste weiter sein, aus größerer Tiefe, wo der Schwarzsee liegen sollte, aus dem sich der Kohlbach speiste, wie die Alten in der Taverne erzählten. Sie atmete tief ein und schmeckte die Luft. Höhlenluft, wie es zu erwarten war. Etwas mineralisch, mit dem Geschmack von Wasser und … *etwas anderem.*

Ayra überlegte, doch ihr fiel kein Bild zu diesem Geschmack ein und beschloss, dass *anders* vorläufig als Beschreibung reichen musste.

Sie wandte sich dem ersten Gang zu ihrer Linken zu, schnalzte zwei-, dreimal scharf mit der Zunge, um sich anhand der so erzeugten Echos wenigstens etwas orientieren zu können. Dann tastete sie sich mit ihrem zum Stab umfunktionierten Langbogen zielstrebig zu der Stelle vor, wo auch auf der rechten Seite in die Felswände ein glatt behauener Torbogen geschlagen war, der in einen weiteren der Gänge des Labyrinths führte.

Wehmütig lächelnd betastete sie die vielen verschiedenen Zeichen, die ihre Vorgänger im Versuch einer Orientierung an dem Eingang angebracht hatten. Nur, um dann doch zu scheitern.

Vermutlich, denn keiner von ihnen kam je zurück. Keiner berichtete je, was die Gesandten im Labyrinth der Prinzen erwartete.

Diese Ungewissheit, dieses vollständige Schweigen nährte mehr als jede noch so grauenhafte Nachricht die Ängste, denn so konnte sich jeder das ausmalen, vor dem er sich am meisten fürchtete.

Ayra meinte, hinter der Legende ein System zu erkennen, einen subtilen Machtanspruch, den sie spüren, aber nicht benennen konnte. Doch wirklich sicher war sie sich nicht.

Doch das würde sich nun ändern, denn so schrecklich es war, für das Labyrinth auserwählt zu werden, sie würde diejenige sein, die das Geheimnis lüften würde.

Ihr Vater hatte sich immer gewundert, wie ein Kind, das blind war, so versessen darauf sein konnte, Geheimnisse und Unwahrheiten zu durchschauen.

Ayra konnte sich das selbst nicht erklären, aber so war es eben.

Ihre Mutter hatte ihr oft gesagt, man sähe nur mit dem Herzen gut, das Wesentliche sei für das Auge unsichtbar. Und obwohl das ein berühmtes Zitat aus einem genauso berühmten Buch sein sollte, konnte Ayra das nicht bestätigen. Sie sah auch mit dem Herzen nichts. Allerdings würde sie dem Autor sofort darin zustimmen, dass man das Wesentliche mit den Augen nicht erfasste. Weil jede Lüge auf das Auge ausgerichtet war und die anderen Sinne, wenn man denn auf sich achten würde, die Wahrheit durch die Hintertür ans Licht zerren konnten. Es waren kleine Veränderungen in der Tonlage, eine andere Atmung, ein anderer Geruch.

Ayra widmete sich lieber erst der Tonhalle hier. Wenn sie diese zu der ihren gemacht hatte, konnte sie immer noch die Gänge durchstreifen, um am Schwarzsee dem Fürsten des Berges, den Erz Alb, den Herrn der Angst zu begegnen. Langsam ließ sie ihre Finger über die Wand gleiten, spürte, wie speckig der Fels vom Angstschweiß ihrer zahllosen Vorgänger geworden war, während sie in einem unregelmäßigen Bogen bis zum nächsten Tunnel kam.

Sie schnalzte wieder und prägte sich das Bild ein, das ihr die Echos zurückwarfen.

Es musste furchtbar sein, wenn man der Dunkelheit hilflos ausgeliefert war, dachte Ayra mit einem Anflug von Mitleid für die Unbekannten vor ihr, die diesen riesigen Raum mit ihrer Verzweiflung angefüllt hatten, bis sie hier geradezu spürbar war.

Den Trick mit dem Schnalzen hatte sie von Niamá gelernt, eine Art Echoortung, die durch das, was jede Form an Schall zurückwirft, ein zuverlässiges, durchaus detailliertes Bild der jeweiligen Umgebung ergibt. Niamá war die Hexe im Nachbardorf und wurde von vielen wegen ihrer seltsamen Ideen ausgelacht. Aber diese hier hatte funktioniert. Niamá meinte, dass ein so kluges Mädchen wie sie doch lernen können musste, was jeder nun wirklich nicht besonders schlauen Fledermaus gelang. Doch warum sie dazu schnalzen musste, statt mit dem Stock zu klopfen – das hatte ihr Niamá nicht sagen können.

Vielleicht lag es daran, dass sich die Zunge so viel näher am Ohr befindet und vor allem immer an derselben Stelle. Das wäre bei einem Stock oder auch einem Fingerschnippen nicht der Fall. Ayra hatte es versucht, dann aber nur schiefe, sozusagen unscharfe Bilder erhalten.

Sie kam, während sie so grübelte, an einen weiteren Tunnel, aus dem es eher modrig roch, ein bisschen faulig auch, wie aus großer Ferne. Mit einem angeekelten Schaudern ging sie rasch weiter.

Die Wand unter ihren Fingern veränderte sich. Der Fels wurde grober, scharfkantiger. Sie ließ den Raum auf sich wirken und beschloss, dass sie nun vermutlich in die hintere Hälfte des Ovals gekommen war, jene, an der sich ihre Töne brachen, weil die Wände naturbelassen und zerklüftet waren, und nicht so penibel geglättet wie im vorderen Bereich um die Tür herum.

„Wer macht hier eigentlich so einen unheiligen Lärm?", erklang plötzlich hinter ihr eine genervt, aber nicht unmittelbar feindselige Stimme.

Schattenduell

„Wer fragt das?", erwiderte Ayra bedächtig. Sie betete zu den Zwölf, dass ihr sprunghaftes Herz nicht verriet, welchen Schrecken das Wesen ihr eingejagt hatte. Sicherheitshalber zog sie einen der Wurfdolche aus ihrem Gürtel, während sie nochmals schnalzte, um den Neuankömmling zu orten.

Doch da war nichts!

Ayra musste einen plötzlichen heftigen Anflug von Panik unterdrücken. Sie war so daran gewohnt, mit diesem Schnalz-Trick ihr ganz persönliches Schatten–reich zu beherrschen, dass sie sich gar nicht mehr blind fühlte. Oder jedenfalls nicht mehr durch ihr fehlendes Augenlicht blockiert.

„Bist du bei Roja aufgewachsen, dass du simple Höflichkeiten so missachtest? Von diesen Gesellen ist man das gewohnt! Aber lass dir gesagt sein: Wenn man wo hinkommt, stellt man sich vor und antwortet nicht mit einer Gegenfrage!"

Die Stimme kam nun aus einer anderen Richtung, aber es war eindeutig dieselbe!

Ihr Besitzer verstand es, sich ebenso schnell wie lautlos fortzubewegen.

Eine Entdeckung, die Ayra nicht weniger verunsicherte als die erste. Mit einem Mal wirkte der Dolch in ihren Händen nicht mehr beruhigend, sondern albern.

„Wenn du dich auf Höflichkeit berufst", rief Ayra in die aufmerksam lauschende, ihre Worte schluckende Halle, „so frage ich, weshalb du selbst so unhöflich bist und dich nicht zeigst."

„Wie soll ich mich zeigen, wenn es doch dunkel ist?", fragte die Stimme, dieses Mal ganz dicht bei ihr! Doch dort, woher sie kam, sollte eigentlich eine Wand sein.

Ayra hatte die Geschichten, wonach sich im Labyrinth die Wände nicht so verhielten, wie man es von ihnen erwartete, nie geglaubt. *Eine Wand ist eine Wand,* hatte sie gesagt und ganz überzeugt dabei geklungen, *und ein Wanderer etwas ganz anderes.* Jetzt war sie nicht mehr so sicher, und das war schlecht. Wenn sie sich auf sich nicht mehr verlassen konnte, sollte sie besser gleich aufgeben. Dann würde auch sie das Labyrinth nicht bezwingen.

„Komm her zu mir!“, schlug sie viel forscher vor als sie sich fühlte. Doch es war ein Grund, laut und klar zu sprechen, und ein Gefühl dafür zu entwickeln, was sich nun vor ihr befand.

Der Hall war verwirrend.

Gut war, dass da eine Wand war. Schlecht aber, dass sie dort nichts anderes bemerkte.

„Befiehlst du mir? Tststs … das schickt sich auch nicht!“

Das Wesen war mit einem Mal direkt bei ihrem Ohr!

Mit einem unterdrückten Schrei wich Ayra zwei Schritte zurück und stand nun direkt vor der Einmündung eines weiteren Tunnels, den sie noch nicht untersucht hatte.

„Wer oder was bist du?“, rief sie atemlos. Doch dort, wo sie gerade noch mit dem Wesen gestanden hatte, war nun … nichts mehr! Nur leerer Raum, wie ihr auch ein zaghaftes Schnalzen und sein Rückhall bestätigten.

„Das wollte ich von dir auch wissen“, bemerkte die Stimme, wieder von einem Platz an oder jedenfalls dicht vor der Wand. Es war verrückt! Wie konnte sich ein Wesen so schnell von einem Fleck zum anderen bewegen?

„Doch jetzt habe ich inzwischen selbst herausgefunden, wer du bist“, erklärte die Stimme und klang sehr zufrieden dabei. „Ein Eindringling! Wie soll ich dich nennen, Eindringling?“

„Ayra“, antwortete Ayra. „Und …“

„Und jetzt sagst du mir noch, was du hier willst“, verlangte die Stimme streng, immerhin noch vom selben Platz aus. „Dann sehen wir weiter, Ayra Eindringling.“

„Ich bin die Maid dieses Jahres“, sagte Ayra nach kurzem Zögern. „Und hier, um die Schuld der Dörfer zu begleichen.“

„Ach?“, entfuhr es der Stimme, dieses Mal ein wenig versetzt, nicht mehr direkt zwischen der Wand und Ayra, sondern ein kleines Stück hinter ihr. „Ist es schon wieder an der Zeit? Hier drinnen verliert man das Gefühl für das, was das Leben draußen so bunt macht.“

„Ich bin hier, um dem Herrn des Labyrinths Gesellschaft zu leisten, so er es wünscht. Ich werde ihm zu Diensten und zu Gefallen sein, wie auch immer er es haben will. Mag es mich auch meinen Verstand, meine Kraft oder mein Leben kosten.“

Die Worte gingen ihr nicht leicht von den Lippen. Sie hätte sie vor ihrer Abreise auf dem Dorfanger schwören sollen, doch da hatte sie geschwiegen. Es war keine

Abreise, sondern ein Rauswurf gewesen. Die Abartige, die Nutzlose, die man entbehren konnte, war doch die perfekte Maid. Besser jedenfalls, als noch ein Mädchen draufzugeben, wenn doch ohnehin augenscheinlich keines gut genug war für den Dienst im Labyrinth. Jedenfalls hatte man von keinem je wieder gehört.

Doch auf diese förmliche Erklärung folgte nichts. Die Stimme schwieg. Allein ein rhythmisch zerhackter Atemzug, so, wie bei einem leisen Lachen, verriet die Anwesenheit ihres Besitzers.

Man munkelte, das Labyrinth sei eine Prüfung eigener Art, oder vielmehr eine Reihe von Prüfungen. Offenbar auch für die Maid und nicht nur für den Retter, der jedes Jahr loszog, ebenjene aus dem Labyrinth zu befreien und den Fluch zu brechen. Dafür, so verlangte es der Herr des Labyrinths, bedurfte es eines Ritters von edler Herkunft, eines Prinzen eben. Die Maiden hingegen wurden nach ihrer Schönheit ausgewählt.

Ayra lächelte unwillkürlich. Der Umstand, dass in diesem Jahr sie ausgesucht worden war, die schöne Maid zu geben, besagte viel mehr über den Zustand der restlichen Dorfjugend als über sie selbst. Leider sah es bei den Prinzen auch nicht besser aus, sodass Ayra beschlossen hatte, sich lieber selbst zu retten.

Oder es jedenfalls zu versuchen.

„Hallo?“, rief sie am Ende ihres düsteren Gedankengangs in die Schwärze. „Ich frage zum dritten Mal: Willst du mir nun nicht verraten, wer du bist?“

„Das Wissen will verdient sein“, erwiderte die Stimme nach merklichem Zögern. Dieses Mal von einem Punkt vor ihr. „Sag mir, Maid Ayra Eindringling, wie kommt es, dass du so anders bist als alle, denen ich bislang hier begegnet bin.“

„Ist nicht jeder einzigartig?“, fragte Ayra zurück. „Und damit unwillkürlich anders als die anderen? Ich verstehe nicht, warum wir einerseits besonders ein wollen und andererseits so gar nicht damit umgehen können, dann unweigerlich eben auch auf Unterschiede zu stoßen.“

„Für mich sind alle Eindringlinge gleich.“ Die Stimme hatte plötzlich einen gelangweilten Unterton. „Anmaßend, alsbald von Angst zerfressen, im Geiste wirr und schließlich still. So still …“ Die Worte verhallten mit einem Hauch von Wehmut, der sie umschmeichelte und dem in ihnen enthaltenen Grauen ein wenig die Schärfe nahm.

„Du aber bist anders. Eher ruppig als anmaßend und deutlich geschickter in der Bewegung. Warum? Du hast so wenig ein Licht bei dir, wie alle anderen."

„Weil ich keines Lichtes bedarf", erwiderte Ayra bedächtig. „Das ist meine Besonderheit."

„Da stimme ich zu", kicherte die Stimme. „Ich schau dir noch ein bisschen zu, denke ich."

Ayra lächelte, obwohl das vermutlich niemand sehen konnte. „Das ist gut. Ich freue mich über Gesellschaft."

„Ha! Nur keine Sorge! Hier stirbt keiner einsam! Nicht mehr als sonst zumindest."

Ayra konnte einfach nicht erkennen, wo sich der Besitzer dieser Stimme befand!

„Jedenfalls, wenn Einsamkeit nur die Abwesenheit von Gesellschaft ist."

Darüber musste Ayra erst nachdenken. „Ich glaube, Einsamkeit kommt aus dem Herzen", sagte sie dann schlicht. „Man kann sehr gut inmitten einer Menschenmenge einsam sein oder auch im Labyrinth der Prinzen nur allein, aber nicht einsam. Solange man mit sich selbst im Reinen ist und die Begegnung mit dem eigenen, ungespiegelten Ich nicht fürchtet."

„So langsam beginne ich zu verstehen", erwiderte die Stimme, die dieses Mal dicht vor ihr, wie aus dem

Nichts, erklang. „Du bist ein faszinierendes Mädchen Philosophen-Maid Ayra Eindringling." Beim zweiten Satz war die Stimme wieder etwas weiter links von ihr, in der Tiefe der Halle. Allmählich zweifelte Ayra an ihren Sinnen, was ganz schlecht war, wenn man sonst doch nichts hatte.

„Ist das ein Kettenspiel?", lenkte sie sich mit einer Frage von diesem Gedanken ab. „Bei dem du jedes Mal ein neues Wort in meinen Namen einbaust?"

Hinter ihr lachte es und Ayra musste sich wirklich sehr beherrschen, sich nicht panisch umzudrehen. „Misstrauische Philosophen-Maid Ayra Eindringling, wäre das nicht ein lustiges Spiel?"

„Es würde vermutlich bald eine normale Unterhaltung ziemlich schwierig werden lassen", gab sie zu bedenken und drehte sich dabei nun doch um. Langsam. „Aber andererseits: Wir haben ja sonst nichts vor, oder?" Sie wartete kurz ab, doch als außer Schweigen keine Reaktion kam, setzte sie selbst nach: „Dreimal habe ich gefragt und dreimal einen Preis geboten. Du kennst meinen Namen, den Grund meines Kommens und meine Besonderheit. Und nun sag du mir, wer du bist!"

Doch da war niemand mehr.

Der erste Tunnel

„Hallo?“, rief Ayra noch einmal, aber da war nur abwartende Stille, wohin sie sich auch wandte. Jetzt, wo das seltsame Wesen verschwunden war, fühlte sie sich doch ein bisschen einsam. Ihr Beobachter hatte ihre Sicherheit mitgenommen und schon besetzten Zweifel und Ängste den Platz, von dem sie Ayra in Vorbereitung dieses Abenteuers so sorgfältig verbannt hatte.

Sie war so sicher gewesen, dass das Labyrinth kein Problem für sie war, stellte sich für Ayra doch die ganze Welt als Irrgarten dar, den sie Schritte zählend, tastend und schnalzend bezwingen musste. Für sie war die Dunkelheit kein unbekannter Feind, sondern ein alltäglicher Begleiter und oft auch ihr Verbündeter. Aber nur, wenn sie vor ihr nichts verbarg!

„Hallo! Wo bist du?“, rief sie noch einmal, ungeduldiger nun. „Was sprichst du von Höflichkeit, wenn du selbst kommst und gehst, wie es dir gefällt, ohne Willkommen und Lebwohl und ohne Namen?“

Doch da war nur die Stille und die auf sie niederstürzende Gegenwart eines großen unbelebten Raums, der im Gegensatz zu ihr über alle Geduld der Welt verfügte.

Mit einem resignierten Schulterzucken wandte sich Ayra also dem Saal zu, um ihn sorgsam zu erkunden, ihn zu dem ihren zu machen. Zu einem Ort, den sie verstand und in dem sie sich frei bewegen konnte. Sie hatte einen großen Raum vor sich mit einer viele Meter hohen Decke, in der sich der Schall über ihrem Kopf in unregelmäßigen Formen verfing, ob das grober Fels oder kunstvolle Statuen bedeutete, blieb ihr vorerst verborgen. Der untere Teil der grob eiförmigen Halle war rund um das Tor, durch das sie hereingekommen war, sorgsam bearbeitet. Steinplatten zierten den Boden und wenn sie die Unebenheiten richtig deutete, waren dort Zeichen eingelassen. Buchstaben oder Symbole – sie war zu ungeduldig, das zu prüfen. Die Wände waren glatt behauen und von langen Jahren vieler tastender Hände glatt und speckig geworden. Dann, nach dem ersten oder siebten der in regelmäßigen Abständen angeordneten Tore, war der Stein naturbelassen, scharfkantig und uneben, nur mit gelegentlichen Rinnen im Fels, deren Zweck sich Ayra nicht erklären konnte.

Sie schlug dreimal mit ihrem Bogenstab auf den Boden und sprach dann die Worte ihres persönlichen Rituals: „Willkommen, Bergsaal, in meiner Welt."

Das machte sie immer, wenn sie sich einen Ort eingeprägt hatte, sie nahm ihn ordentlich in ihre Erinnerungen auf, und mit ihm all die Eindrücke, die sie dort wahrgenommen hatte.

Nachdem sie während ihrer Erkundungsrunde niemanden begegnet war, wandte sie sich nun dem ersten Tunnel zu.

Roh behauen an Boden und Wänden etwas über zwei Meter hoch, führte er zwanzig Schritte geradlinig in den Berg, bis sie an die erste Abzweigung kam. Ayra tastete sorgfältig die Kante der Wand zu ihrer Linken ab. Zahllose Vorgänger hatten dort mehr oder minder kunstvoll Markierungen angebracht, doch soweit sie erfühlen konnte, keine mit relevanten Informationen. Ayra zog erneut ihren Dolch hervor und überlegte, ob auch sie sich verewigen sollte und entschied sich dann dazu, ein Oval als Symbol für den Bergsaal in den Stein zu ritzen und eine 20 daneben. Und noch einen kleinen

Pfeil darunter, damit auch der dümmste ihrer Nachfolger auf ihrem Wissen aufbauen konnte.

Seufzend stieß sie dreimal auf den Boden. „Willkommen, Kreuzung T eins eins, in meiner Welt." Der Name war mehr beschreibend als schön, die erste T-förmige Kreuzung im ersten Tunnel, aber da Ayra nicht wusste, wie viele sie noch in ihre Karte einbauen musste, wollte sie lieber sparsam sein. Wie sie es an Niamás Küchentisch geplant hatten, wandte sie sich nun nach links, immer dem Herzen nach. Der Tunnel verlief nicht ganz rechtwinklig parallel zum Bergsaal, sondern vermutlich in einem flachen Winkel tiefer in den östlichen Berg hinein. Diese leichten Abweichungen von Waagrecht und Senkrecht waren für Ayra am schwierigsten in ihre Schattenkarten einzutragen. So leicht verschätzte man sich dabei, ohne dass sie bislang ein Mittel gefunden hätte, dieses Problem zu meistern. Dies mochte ein Grund sein, weshalb die Orientierung im Labyrinth derart schwer war, Richtungen ließen sich so kaum bestimmen.

Nach dreizehn Schritten stieß sie auf eine Wand, an der ihr Gang endete. Eine sorgfältige Untersuchung ergab, dass die unbehauene Struktur nicht natürlich war, sondern dass diese Wand jemand aus Steinen aufgestapelt hatte, das verrieten die Ritzen, die viel tiefer als an den anderen Stellen waren. Das probeweise Klopfen ihres Stabs verriet allerdings keine Hohlräume. Ayra ging auf die Knie und untersuchte den Boden. Hier verlief tatsächlich eine feine Rinne unmittelbar vor der Wand entlang, einer Führungsschiene nicht unähnlich.

Sie überlegte kurz und lächelte dann. War sie den wandelnden Wänden auf die Schliche gekommen?

Sie markierte an der Wand ihres Tunnels so dicht wie möglich an der Abschlusswand die Stelle mit einem W und einem Hinweis T-1-1 13 samt Richtungspfeil, dann ging sie zurück.

Mit ihrem Stab würde sie die Rille bemerken und mit der Markierung wissen, dass dort eine Wand gewesen war.

In der anderen Richtung, also rechts vom Tunnel, wurde der Gang schnell enger. Ayra meinte, den Berg unter ihrer Hand atmen zu spüren. Bedächtig, endlos, mächtig, aber fremd ... so fremd.

Langsam ging sie weiter, bis sie an eine weitere Kreuzung kam.

Beharrlich arbeitete sie sich durch das Labyrinth, ergänzte ihre innere Karte und markierte ihre Wege.

Sie kam schließlich über einen anderen Tunnel wieder zurück in den Bergsaal. Mit einem Seufzen entspannte sich Ayra. Für sie fühlte es sich wie ein Nachhausekommen an. Es tat gut, in einem Raum zu verweilen, der ihr vertraut war.

Sie zögerte kurz und schnalzte dann, um sicher zu sein. Anders als erwartet, war sie aus Tunnel 3 statt Tunnel 2 getreten. Das musste sie noch an der letzten Kreuzung vermerken. Es war wichtig, gründlich zu sein. Doch zuerst zog sie den Trinkschlauch aus ihrem Gürtel und nahm einen Schluck.

„Tapfer", bemerkte die Stimme vor ihr. „Und beharrlich, Ayra Eindringling."

Wieder hatte sie das Wesen nicht bemerkt, bis es sich ihr zu erkennen gab. Das war verstörend. Aber es war gerade nicht zu ändern.

„Sei mir gegrüßt, Berggeist", sagte sie daher. „Willst du auch einen Schluck Wasser?"

„Berggeist?", fragte die Stimme. „Wie kommst du darauf?"

„Namenlos wie du bist, kommst und gehst du lautlos, spurlos ..." Sie lachte. „Wie sonst soll ich dich nennen?"

Das Schweigen vor ihr wurde zögerlich.

„Nenn mich Wyth“, klang es schließlich von rechts zu ihr herüber. Und wieder hatte sich das Wesen unbemerkt bewegt.

„So sei es!“ Ayra schwenkte ihren Schlauch in Wyths Richtung. „Willst du nun?“

„Danke, nein. Aber es hat Spaß gemacht, dir zuzuschauen. Du bist sehr gründlich.“

„Das höre ich nicht zum ersten Mal. Wie wäre es, wenn du mir hilfst? Ich suche den Schwarzsee.“

Wyth lachte. „Das musst du nicht. Der findet dich. Er ist das Herz des Labyrinths und alles zieht dich dorthin.“

Ayra stand auf und klopfte sich Steinstaub von ihrem Rock. „Zeig mir trotzdem den Weg, Berggeist!“

„Vielleicht.“

Und wieder war Wyth verschwunden.

Schwarzsehen

„Dieses stete Kommen und Gehen ist auf Dauer ein wenig anstrengend“, murmelte Ayra und wandte sich dem nächsten Tunnel zu, dem zweiten also, der ihr durch seine bessere Ausarbeitung schon bei der ersten Besichtigung aufgefallen war.

Sie überprüfte ihre Habseligkeiten. Ihren Langbogen hielt sie wie immer in der Hand, diente er ihr doch auch als Stock, mit dem sie ihre Schritte überprüfte. Dann die drei Dolche und den Trinkschlauch im Gürtel, und schließlich den Köcher mit den Pfeilen neben ihrem Ranzen, der einem Kanten Brot und Käse, einen Funkenschläger, eine Decke und ihre Flöte enthielt. Herzlich wenig, wenn sie das nun so bedachte, für jemanden, der ein neues Leben anfangen will. Sie lächelte, denn umgekehrt belastete sie so auch nichts aus ihrer Vergangenheit.

Dann trat sie in den Schacht, der sie förmlich einzusaugen schien, sobald er sie in einen Schwall kalter, feuchter Luft gehüllt hatte. Ayra wertete das als Zeichen, dass dieser Tunnel zum Schwarzsee führen musste, witterte aber vorsichtig bei jedem Schritt, den sie sich vorwärtsbewegte. Bei ihrer ersten Untersuchung hatte sie hier noch einen weiteren Geruch bemerkt, der ihr nicht bekannt war. Den konnte sie jetzt nicht wahrnehmen. Das bedeutete wohl, dass sein Ursprung beweglich war. Ob das der gefürchtete Herr des Labyrinths sein konnte? Wyth bewies immerhin, dass sie mit dieser Kreatur nicht allein war, und er hatte auch erwähnt, dass da noch weitere Bewohner des Berges auf ein Kennenlernen warteten. Langsam ging sie weiter.

Nach sechzehn Schritten kam sie an eine Treppe, die nach unten führte. Die ersten Stufen waren sauber aus dem Stein geschlagen, aber höher als breit und damit ziemlich steil. Soweit sie die Echos ihres Schnalzens deuten konnte, ging es ziemlich weit hinunter, sicherlich mehr als zehn Meter. Seufzend machte sie sich an den Abstieg. Nur ein paar Stufen tiefer erreichte sie wieder dieser seltsame Geruch. Nun, da sie an die anderen Eindrücke gewöhnt war, konnte sie ihn besser einordnen. Es roch nach Leder und Kräutern, ein bisschen scharf vielleicht wie Schwefel? Fremdartig, aber nicht bedrohlich wie etwa der Geruch eines Bären oder Wolfs.

Immer wieder blieb sie stehen, die Hand an die Wand gelegt, und lauschte. Doch da war nichts außer ihr, ihrem Atem und dem Berg.

Also ging Ayra weiter.

Nach 24 Stufen kam sie an einen Absatz, von dem links und rechts je weitere Gänge in den Berg führten. Im rechten Tunnel entdeckte sie eine klebrige Schicht auf den Felswänden, die Ruß sein könnten. Tatsächlich roch es in dem Gang schwach nach Rauch und Kohle. Irgendwann musste also einer der Besucher des Labyrinths das Verbot von Lampen und Fackeln missachtet haben. Was wohl aus ihm geworden war?

Ayra beschloss, erst einmal den Stufen weiter in die Tiefe zu folgen und begrüßte daher nur den Treppenabsatz mit seinen beiden Öffnungen als Tunnel-2-Treppenkreuzung-1. Sie war in der Namensgebung ungefähr so fantasievoll wie Wyth. Darüber musste sie lachen. Ein gespenstischer Laut, der dreifach von den Treppen und aus den Gängen verzerrt zu ihr zurückgeworfen wurde.

Dann ging sie weiter.

Nach acht Stufen wäre sie fast gestürzt, denn unvermittelt öffnete sich der Treppenschacht vor ihr zu einer Höhle, weshalb die Stufen an der Rückwand entlang im scharfen Knick weiterführten.

„Ohne Geländer und ohne Stab bricht man sich da schnell die Knochen“, murmelte Ayra besorgt. Allmählich begann sie zu verstehen, worin die Gefahren des Labyrinths bestanden. Vorsichtig erkundete sie den leeren Raum vor sich und stellte erstaunt fest, dass er sicherlich fünfzehn Meter in der Breite maß und gut und gern zehn Meter in die Tiefe führte. Da hatte sie sich am Tunneleingang trotz aller Sorgfalt ordentlich verschätzt!

Langsam stieg sie an der Felswand entlang die Stufen weiter nach unten. Das Labyrinth der Prinzen erwies sich auch für eine entschlossene Maid als ernstzunehmender Gegner!

Immer nach acht Stufen kam ein kleiner Absatz, dann ein Loch, durch das die Stufen in die entgegengesetzte Richtung zurückführten, ganz so wie im Wachturm von Falkhort, der Stadt, in der sie ab und an mit ihrem Vater zum Handeln gereist war. Und mit Niamá war sie – allem Spott ihrer Freunde zum Trotz – einmal eben auch auf den Wachturm gestiegen, um die Aussicht zu spüren. Die Weite, die Vogelwelt. Es war verrückt, dass sie hier, tief im Berg, dasselbe Gefühl von Weite und Höhe empfand.

Ayra stieg insgesamt acht solche Einheiten hinab, bis sie am Boden der Halle angekommen war, die Weite verströmte und in deren Mitte sich Wasser befinden musste. Sie schnalzte zur Orientierung und fühlte sich bestätigt. Das musste, wenn die Sagen um den Armarsberg denn stimmten, der Schwarzsee sein.

Das Heim des Bergfürsten. Mit einem Mal begann Ayras Herz schneller zu schlagen.

„So schnell hat sich noch keine die Treppe nach unten gearbeitet", bemerkte Wyth von der letzten Stufe her, beiläufig. „Außer jenen, die gleich beim ersten Absatz die Abkürzung nahmen."

„Das sind die Knochen da drüben, nehme ich an." Ayra hatte zunächst angenommen, es handele sich dabei um Äste, aber wo sollten hier unten Bäume wachsen?

„Ja, aber es sind auch Tierknochen dabei." Wyth war – natürlich unbemerkt – etwas nähergekommen. „Ich nehme an, für den gruseligen Effekt. Erstaunlich, dass du dafür so unempfänglich bist."

„Wer die Dunkelheit nicht fürchtet, fürchtet vermutlich auch sonst nichts. Sie ist der Ursprung aller Ängste."

„Philosophen-Ayra", lachte Wyth. „Es macht Spaß, mit dir zu plaudern. Aber sag, warum fürchtest du die Dunkelheit nicht?"

„Weil sie vor mir nichts verbirgt", gab Ayra zu bedenken, während sie, mit ihrem Stab alle Stolpersteine ertastend, auf das Ufer des Schwarzsees zuhielt. „Für mich ist die Dunkelheit wie ein Tuch unter dem mal mehr, mal weniger deutlich Figuren zu erkennen sind, denen Gerüche anhaften und Töne wie Wellen darüber hinwegstreichen."

Schließlich gelangte Ayra an das Ufer. Der Geruch von Wasser nahm zu. Sie meinte sogar, zaghaften Wellenschlag zu hören. Der Fels unter ihren Füßen, der bislang von Staub bedeckt gewesen war, der ihr gelegentlich in die Nase stieg, wenn sie sich zu schnell bewegte, wich nun einer feinen Schlammschicht, auf der sie mit ihren glatten Ledersohlen auszurutschen drohte.

Als ihr Stab auf Wasser patschte, blieb sie stehen. Dreimal stieß sie auf den Boden.

„Willkommen, Schwarzsee, in meiner Welt."

Von Ferne hörte sie ein Schaben eines schweren Leibs über Stein, dann ein Gluckern, das verriet, dass irgendwo vor ihr, etwas unter Spannung langsam ins Wasser glitt.

Ayras Herz schlug ihr mit einem Mal bis zum Hals und pochte so laut, dass es drohte, die wenigen Geräusche, die sie aus der riesigen Höhle erreichten, zu überlagern.

„Mach dir keine Sorgen", raunte ihr plötzlich Wyth ins Ohr, so nah, als säße ihr seltsamer Begleiter auf ihrer Schulter. „Noch besteht keine Gefahr."

„Noch?" Ayra fiel auf, wie sich ihre Stimme verändert hatte. Sie hoffte, dass es nur ihr auffiel, denn eine ängstlich erhöhte Tonlage passte so gar nicht zu dem Bild der wehrhaften Maid, die sie doch unbedingt sein wollte.

Sie straffte sich, atmete tief durch und wandte sich dann, mit wieder kontrollierter Stimme, an Wyth: „Soll ich jetzt hier warten oder besser nach Westen gehen?"

„Wie kommst du darauf, Wanderer-Philosophin Ayra, dass gerade im Westen etwas Neues auf dich warten könnte?"

„Weil dort eine Art Alkoven ist, oder? Das bietet sich doch für einen Empfang beim Bergfürsten an."

„Klug geschlussfolgert!“ Wyth lachte leise. „Das wird Skada nicht gefallen.“

Doch noch bevor Ayra fragen konnte, wer Skada war, hörte sie, wie platschend ein Wesen aus den Fluten stieg, gerade dort, wo Ayra eben den Alkoven vermutet hatte.

„Wer ist in meine Hallen gekommen?“, erklang kurz darauf von dort eine Stimme, tief und mächtig, die den Raum über und neben dem Wasser problemlos füllte.

„Ayra, die Maid des Jahres, entsandt aus Osatras Furt, dir zu dienen, wie du es wünscht.“

„Du bist spät in diesem Jahr, Maid Ayra!“, rief der Bergfürst. Worte, die an ein unterirdisches Donnergrollen erinnerten und in ein vielmundiges Raunen mündeten, das sie von der anderen Seite des Sees erreichte, wie Wellen aus Luft.

„Wie kommt's?“, fragte der Bergfürst weiter. „Hast du den Weg hierher nicht finden können?“

Dieses Mal irrlichterte Gelächter über das Wasser und füllte die Höhle. Silberhell und etwas spöttisch, auf jene Weise, die man nicht persönlich nehmen musste, weil sie weniger Häme enthielt, als Erleichterung darüber, selbst nicht betroffen zu sein. Eine Stimme aber klang heraus, wie ein anderes Instrument, klarer, lauter, näher beim Bergfürsten. Kühler, abschätzend und berechnend. Ihr Instinkt war sofort alarmiert. Auf diese Stimme lohnte sich zu achten.

„Gewiss, Bergfürst, hätte ich schneller hier erscheinen können, doch ich ahnte nicht, dass ich bereits erwartet wurde und nutzte die Zeit, mein neues Heim zu erkunden." Sie zögerte kurz, doch als niemand zu einer Erwiderung ansetzte, fuhr sie selbst fort: „Was wäre ich Euch von Nutzen, wüsste ich mich nicht zurechtzufinden?"

„Dein Nutzen bestimmt sich durch deine Aufgaben, Maid", ließ sich da jene Frauenstimme vernehmen, die Ayra gerade schon aufgefallen war. „Wenn du in der Küche dienen solltest, brauchst du keine Kenntnisse des oberen Labyrinths."

„Womöglich nicht", gab Ayra zu aber nicht nach. „Doch wenn dort oben neue Waren ankommen, die unterjährigen Tributzahlungen etwa, ist es dem Fürsten doch eine Erleichterung, wenn kundige Füße den Weg ohne falsches Zögern zu beschreiten wissen."

„Ein kluger Ansatz, Ayra", rief der Bergfürst, „der mir gefällt. Wir werden sehen, welche Aufgabe wir dir in unserem Haushalt zuteilen."

Dazu konnte sich Ayra nur höflich verneigen.

Dann klatschte der Bergfürst in die Hände, so kräftig, dass man das Gefühl hatte, er würde allein damit Wellen über das Wasser zu ihr schicken. „Doch tritt nun vor mich und lass dich betrachten!“

Obwohl sie nichts sah, ahnte Ayra, dass die Schwarzseehalle nun in Licht getaucht worden war. Sie schnalzte prüfend, merkte sich das Stück Strand, an dem entlang sie zum Bergfürst zu gehen hatte, und setzte sich in Bewegung. In weiten Bögen strich dabei ihr Stab von links nach rechts und rechts nach links, sodass sie auch jenen kleinen Unebenheiten ausweichen konnte, die sie mit ihrem Schnalzen nicht orten konnte.

„Du bewegst dich schnell und sicher“, sagte der Bergfürst vor ihr. „Normalerweise sind die Maiden geblendet und taumeln, wenn ich die Halle erleuchte.“

Die Frauenstimme an seiner Seite lachte wieder. Ein Geräusch frei von Humor. „Wir hatten auch noch nie einen Gast, der einen Schleier durch die Dunkelheit trug.“

Es raschelte, als lange Röcke über steinerne Stufen strichen, dann bewegte sich die Frau auf Ayra zu und schritt um sie herum.

„Wir hatten auch noch nie eine Maid, die mit Pfeilen im Köcher und Dolchen kam."

„Ich wusste nicht, Bergfürst, welcher Art die Dienste sein sollen, derer Ihr bedürft. Da wollte ich vorbereitet sein."

Der Bergfürst lachte dazu, laut, herzlich und anhaltend. So laut und heftig, dass Ayra tatsächlich spüren konnte, wie er schließlich über das viel leisere Gelächter seines Hofstaates hinweg etwa drei Meter vor Ayra Luft holte und sich dann klatschend auf die Schenkel schlug. „Da bist du die Erste, die sich darüber Gedanken macht", sagte er dann mit einem leisen Grollen in der Stimme, das vermutlich dem Hofstaat galt, der sofort mucksmäuschenstill war.

„Die anderen verließen sich alle darauf, dass ihr Prinz das Labyrinth bezwingen und sie retten würde."

„Warum hältst du es anders, Maid?", fragte scharf und streng die Frau, die in ihrem Rücken stehen geblieben war.

Ayra drehte sich langsam nach der Stimme um. „Es sind so viele Prinzen im Labyrinth geblieben, dass es mir nur vorausschauend schien, auch auf den Fall seines Scheiterns vorbereitet zu sein."

Und dazu hielt der Hofstaat neben dem Bergfürst deutlich spürbar die Luft an.

Berghofstaat

„Du glaubst nicht an deinen Prinzen?“, bemerkte die Frau mit der Stimme, die Ayra inzwischen wie ein in Töne verwandeltes Messer vorkam. „Wie kannst du dann erwarten, dass er sein Leben für deine Freiheit aufs Spiel setzt?“

„Was für eine Frage vor dem, der dieses grausame Spiel verlangt!“, begehrte Ayra zornig auf und biss sich im nächsten Augenblick auf die Zunge. Es war nicht gut, wenn man seine Meinung allzu großzügig mit jedem teilte. Hier gerade war es ausgesprochen dumm, fürchtete sie.

„Willst du mir Vorwürfe machen?“, donnerte da auch schon der Bergfürst mit dieser alles erschütternden Stimme und sprang mit einem Satz von seinem Alkoven aus direkt vor ihre Füße. Er musste schwer, sehr schwer sein, denn Ayra konnte spüren, wie der felsige Boden von dem Aufprall bebte. „Was weißt du schon, Maid?“

„Nichts weiß sie!“, schnitt nicht minder böse auch die Stimme der Frau durch die atemlose Stille, die dem Ausbruch des Bergfürsten gefolgt war.

„Skada, bitte reg dich nicht auf!“, verlangte der Bergfürst, nun wieder gefasst.

„Wie Ihr wünscht.“

Ayra spürte, wie die Frau an ihr vorbei zurück zu ihrem Platz ging. Damit stand Skada nun neben dem vor ihr aufragenden Wesen, das, soweit sie das ohne Tasten spüren konnte, die Statur eines auf zwei Füßen stehenden Ochsen haben musste.

„Du bist blind!“, bemerkte Skada in diesem Augenblick. „Frech und blind. Fürwahr, weit ist es gekommen, wenn uns ungezogene Krüppel für den Tribut geschickt werden!“

So sehr sie diese Worte schmerzten, versuchte Ayra doch, dies äußerlich unbewegt hinzunehmen.

„Ob sich ein Prinz für eine wie die finden wird, wage ich zu bezweifeln“, schnitt Skada unbarmherzig weiter in ihren Schmerz.

„Der Tribut verlangt eine schöne Maid“, gab der Bergfürst zu bedenken. „Und die Maid hier vor uns ist fraglos schön. Soweit wir wissen, hat sich doch bereits ein Prinz gemeldet, Skada. Auch in diesem Jahr besteht also die Hoffnung, dass der Fluch gebrochen wird."

Das mächtige Wesen trat dicht vor Ayra. Sie konnte seine Präsenz spüren, nahm wieder diesen ledrigen, seltsam würzigen Geruch wahr, Kräuter, in einer Mischung, die sie nicht einordnen konnte, unterlegt mit etwas Scharfen, entfernt an Schwefel erinnernd.

Eine riesige Hand berührte Ayras Gesicht, zwang sie, ihr Gesicht zu heben und zog dann den Schleier fort.

Seine Hand war ungewöhnlich warm, fein geschuppt und endete in kräftigen Fingern, fast so dick wie Ayras Handgelenk und leicht gekrümmten Klauen mit Spitzen, scharf wie die einer Katze.

„Deine Augen sind matt, aber nicht weiß. Siehst du am Ende doch?", fragte der Bergfürst.

„Nein", erwiderte Ayra bedächtig. „Die Verletzung liegt im Inneren. Ich sehe gar nichts. Ich sah noch nie und kenne eure Welt nur vom Hörensagen."

Sanft strich die riesige Hand ihre Wange entlang über ihren Hals und ihre Schulter.

Dann trat der Bergfürst einen Schritt zurück.

„Willkommen, Maid Ayra, in meinen Hallen. Du wirst feststellen, dass vieles hier anders ist, als draußen erzählt wird. Doch die erste meiner Maiden, meine hochverehrte Skada, wird dir alles zeigen und diesem stürmischen Auftritt nicht mehr Bedeutung beimessen als ich es tue."

Er ergriff ihre Hände mit seinen Pranken und drückte sie. „Willkommen!"

Und vielfach wurde der Ruf von seinem Hofstaat aufgenommen, zu dem nun irgendwie auch Ayra gehörte: „Willkommen!"

Sie wandte sich den Rufern zu und verneigte sich zum Gruße.

Skada griff nach ihrem Arm und schob sie zielstrebig am Bergfürst vorbei in die Reihen der Wartenden. „Finde deinen Platz, bis ich dir eine Aufgabe zuweise, Maid Ayra."

Die Worte sollten vermutlich freundlich klingen, doch tief darunter war eine verbitterte Abneigung zu spüren, die sich Ayra beim besten Willen nicht erklären konnte. Aber gehorsam ging sie weiter.

„Du hast wahrlich einen Hang zum Drama", bemerkte Wyth an ihrem Ohr ganz unvermittelt.

„Nicht mehr als du zur Geheimniskrämerei." Ayra unterdrückte den Wunsch, an ihr Ohr, ihr Haar, ihre Schulter zu greifen, um nach dem Besitzer der Stimme zu suchen, den sie hören, aber nicht spüren konnte. Verflixt!

„Ich weiß noch immer nicht, wer oder was du bist."

Ganz kurz meinte sie, eine federleichte Berührung zu spüren, als Wyth antwortete: „Betrachte mich als Freund, dramatische Philosophen-Maid Ayra. Als hochamüsierten Freund und Begleiter."

„Willkommen Ayra!", rief da eine Mädchenstimme, die ihr bekannt vorkam, auch wenn sie gerade keine Person damit verband. Das war seltsam, denn üblicherweise vergaß Ayra keine Stimmen.

„Danke!", sagte sie also etwas verspätet, nur, um überhaupt etwas zu sagen.

„Lasst uns feiern!", befahl in diesem Augenblick der Bergfürst. „Die Ankunft einer neuen Maid ist jedes Jahr ein Fest wert. Spielt auf und tanzt für mich, meine Maiden! Lasst es euch gut gehen und huldigt mit mir dem Leben und der Schönheit, zusammen mit der ersten und schönsten meiner Maiden, Skada!"

„Die anderen Maiden werden sich nun einzeln bei dir vorstellen", flüsterte ihr Wyth ins Ohr. „Das ist sehr förmlich, wie so vieles hier. Erschrick nicht, hier unten verändern sie sich schnell. Manch eine brach bei dem

Anblick in Tränen aus, doch das hast du nicht zu befürchten, nicht wahr?“

„Ich weiß es nicht“, sagte Ayra mit einem mulmigen Gefühl. „Auch wenn ich nicht mit den Augen sehe, nehme ich doch sehr vieles wahr und häufig unmittelbarer und schmerzlicher als Sehende.“

„Ayra!“, rief da auch schon die erste in der Reihe.

„Salea?“ Ayra war sich nicht sicher. Die Stimme klang eher nach Saleas Mutter als nach ihrer Freundin selbst, die vor einem Jahr die Maid für den Bergfürsten gewesen war. Aber ihre Mutter hatte sie im Dorf verabschiedet und wäre zudem niemals so erfreut, sie zu sehen.

Das war schlecht, denn Ayra täuschte sich nie, wenn sie jemand ansprach. Für sie waren Menschen, eine Kombination aus Umriss, Stimme und Geruch.

„Salea“, sagte sie noch einmal, denn da sich zwei von drei Eindrücken richtig anfühlten, musste sie wohl hinnehmen, dass sie sich bei der Stimme getäuscht hatte. Ob das an dieser Höhle lag? „Wie schön! Geht es dir denn einigermaßen gut?“

„Was für eine Frage?“ Salea lachte, doch da schwangen Bittertöne in ihrer Stimme. Das allein aber war es nicht, was anders war. Saleas Lachen klang heiser, etwas kratzig, als wäre sie gealtert. „Aber natürlich, du siehst mich ja nicht."

War das die seltsame Luft im Berg?

„Nein." Zaghaft trat Ayra näher und hob fragend die Hände. Salea zögerte kurz, griff dann aber nach Ayras Händen und legte sie sanft auf ihre Wangen. Ayra glitt mit ihren Fingern geübt über das Gesicht ihrer Freundin. Es waren die Konturen, die sie kannte, keine Frage. Aber die Haut war faltig geworden in nur einem Jahr, das seidenweiche volle Haar, um das Salea alle so beneidet hatten, strohig und schütter.

„Was ist denn passiert?", flüsterte sie erschrocken.

Salea schüttelte unmerklich den Kopf. „Es geht allen so. Außer Skada. Wir alle werden von dem Fluch der Zeit erfasst, nur die erste Maid scheint dagegen gefeit. Die anderen altern schneller." Sie umarmte Ayra. „Aber sonst geht es uns hier gut. Ich freue mich nicht, dass du nun auch hier eingeschlossen bist, aber ich bin froh, dass du da bist."

„Willkommen Ayra!", sagte nun eine andere Stimme, die Ayra ganz gewiss nicht kannte. „Ich bin Roza. Dir wird es hier gefallen, warte nur ab!"

Nach und nach begrüßten sie nun neun Mädchen, von denen Ayra nur drei kannte. Sie stellten Fragen zu ihrem Woher und wie sie im Labyrinth zurechtgekommen war, zu ihrem Auftritt hier am Schwarzsee und vielerlei mehr, während sie Ayra vom Wasser weg in einen Gang führten, sechzehn Schritte entlang und dann in einen Raum, in dessen Mitte ein Tisch mit Stühlen stand, wenn Ayra ihre Eindrücke aus Schnalzen und Tasten richtig deutete.

Etwas zupfte an ihrem Haar.

„Dies ist der Saal der Maiden“, raunte Wyth. „Dahinter sind die Schlafräume. Die sind nicht groß, aber sauber und jede hat einen für sich. Doch gleich kommt Skada. Sie wird dir das alles erklären. Das macht sie immer! Pass auf dich auf, denn sie mag dich nicht.“

Ayra zuckte die Schultern, während sie im Raum stehen blieb und lauschte, wie die Maiden am Tisch Platz nahmen. „Skada klingt wie eine Frau, die niemanden wirklich mag, sich selbst eingeschlossen.“

„Ayra“, sagte in diesem Augenblick Skada, die sich bemerkenswert leichtfüßig bewegte und damit für Ayra nur schwer wahrzunehmen war. Wenn sie Ayras letzten Satz gehört hatte, verbarg sie es meisterlich.

„Es freut uns, dass du dich uns anschließen willst. Hyll ist sehr angetan von seiner neuen Maid.“ So, wie ihre Stimme dabei um eine Winzigkeit härter und kühler klang, schien Skada selbst diese Einschätzung nicht zu teilen. Aber immerhin wusste Ayra jetzt, dass der Name des Bergfürsts Hyll war.

„Lass mich dir deine Zelle zeigen."

„Zelle?", wiederholte Ayra schockiert. Sie hatte im Berg mit allem Möglichen gerechnet, die Gerüchte geizten nicht mit Monstern, Fallen und verbotener Magie, aber nicht mit einem Gefängnis.

„Ja", erwiderte Skada, die Ayras Unbehagen bemerkt haben musste, amüsiert. „Aber nicht im Sinne von Kerker, sondern wie ein Kloster. In Hylls Heim darf sich jeder frei bewegen. Folge mir!"

Skada ging vor Ayra bis zu einer der Türen im hinteren Teil des Raums, durch diese hindurch und vier Stufen nach unten. Ayra folgte ihr, so schnell sie konnte.

Am Ende der Stufen standen sie in einem länglichen Raum, der leer zu sein schien.

„Von hier gehen Türen zu den Schlafkammern der Maiden", erklärte Skada. „Dir gehört diese hier."

„Welche?", fragte Ayra, die keine Gelegenheit hatte, Skadas Geste wahrzunehmen.

„Oh, wie dumm von mir! Verzeih", gurrte Skada zufrieden. Sie ergriff Ayras Hand und führte sie etwas nach links und dann zu einer Tür, die sie mit einer einfachen Klinke öffnete.

Ayra schätzte, dass ihre Tür die dritte in der Reihe sein musste, sofern dieses Vorzimmer symmetrisch aufgebaut war.

„Ich habe eine Öllampe hergerichtet, aber die brauchst du wohl nicht …"

„Doch!", widersprach Ayra. „Die Wärme, die von ihr ausgeht, erleichtert mir die Orientierung und wenn mich jemand besucht, wird er sich über Licht freuen."

„Besuch?" Skada klang verärgert.

„Ich kenne einige der Maiden aus unserem früheren Leben", sagte Ayra bedächtig, streng darauf bedacht, sich von der ersten Maid nicht provozieren zu lassen.

„Wie du meinst." Es war Skada förmlich anzuhören, wie sie dabei die Schultern zuckte und mit den Augen rollte. „Ich lasse dir jetzt Zeit, dich einzurichten. Ich hole dich in einer Stunde wieder ab, damit Hyll die Ankunft seiner neuen Maid feiern kann. Viel Spaß!"

Und damit ging Skada. Ayra lauschte auf ihre Schritte. Drei zur Tür und von dort geradewegs mit sechs weiteren zu den vier Stufen, die zur oberen Halle zurückführten.

Dann stellte Ayra ihren Rucksack ab und sondierte schnalzend und mit ihrem Stab den Raum. Der war gar nicht so schlecht. Neben der Tür befand sich ein Regal und in der Ecke ein Ständer mit einer Waschschüssel, auf der eine schwach nach Zitrone und Lavendel duftende Seife lag. An der Längswand wartete ein Bett mit einer schönen Matratze und daneben ein Nachttisch mit der erfolgreich verteidigten Öllampe. In der anderen Ecke stand schräg eine Truhe für ihre Habseligkeiten, an der sich Ayra fahrlässig das Schienbein stieß.

Sie tastete den Raum zweimal ab, bis sie ihn und seine Abmessungen verinnerlicht hatte. Dann stieß sie dreimal mit ihrem Stab auf den Boden. „Willkommen, Kammer, in meiner Welt!“

„Gar nicht übel, diese Unterkunft“, lobte auch Wyth, der sie offenbar begleitet hatte.

„Hm“, brummte Ayra. Sie verstaute ihre Dolche bis auf den in ihrem Stiefel, in die Truhe, hängte ihren Mantel an den Haken, den sie über der Truhe entdeckt hatte und legte ihren Kamm neben die Seife zur Waschschüssel, über der sogar ein Spiegel hing. Dann setzte sie sich auf ihr Bett und überlegte.

„Und nun?“, fragte Wyth von ihrem Kopfkissen her. „Was machst du nun?“

„Keine Ahnung", gab Ayra offen zu. „Dieses Abenteuer entwickelt sich ganz anders als erwartet."

Wyth kicherte. Offenbar befand sich dieser unruhige Geist nun ein ganzes Stück über ihrem Kopf. „Ist die Überraschung nicht ein wesentliches Element des Abenteuers?"

„Vermutlich." Ayra legte den Kopf in den Nacken und versuchte, Wyth zu erspüren.

„Aber wenn du dich hier schon in meiner Kammer einquartierst, solltest du mir endlich sagen, was du bist."

„Reicht Wyth nicht?", fragte Wyth nach einem langen zögerlichen Moment.

Ayra wollte schon zu einem gereizten *Nein* ansetzen, doch die verzweifelte Note in der Frage rührte ihr Herz. Was auch immer Wyth quälte, es saß tief und würde unter Druck nur noch tiefer rutschen. Also schüttelte sie nur den Kopf und vertagte so die Lösung dieses Rätsels auf einen Zeitpunkt, der für ihren geheimnisvollen Freund günstiger war.

Schritte kamen auf ihre Tür zu. Salea, wenn Ayra sich nicht verhörte.

Es klopfte und auf Ayras *Herein* trat tatsächlich ihre Freundin ein. Das war gut, denn allmählich machte

Ayra sich Sorgen, um ihre Fähigkeiten. Erst Wyth und dann Skada – das waren schon zwei Personen, die sie nicht richtig fassen konnte.

„Was schaust du so?", fragte Salea besorgt. „Störe ich?"

„Nein, nein! Gar nicht!" Ayra klopfte neben sich aufs Bett. „Im Gegenteil, ich freue mich sehr, eine liebe Freundin zu treffen. Es ist doch alles sehr seltsam hier."

Salea lachte. „Wenn du wüsstest, wie seltsam. Aber da passt du hervorragend dazu."

„Wirklich?", staunte Ayra, die sich gar nicht passend fühlte. „Wieso?"

„Die Maiden verstehen gar nicht, wie ein blindes Mädchen sich so gut zurechtfinden kann und halten dich für eine Hexe." Salea räusperte sich verlegen, bevor sie weitersprach. „Sei ihnen nicht böse. Wenn man das nicht gewohnt ist, ist das auch etwas unheimlich."

„Was ist denn hier so anders als erwartet?", wechselte Ayra das Thema. „Ehrlich gesagt, kann ich mir keine Angst vorstellen, die wir noch nicht besprochen haben. Ich meine, die Gerüchte über das Labyrinth sind doch wirklich farbenfroh. "

„Tatsächlich ist es so", sagte Salea. „So düster und schrecklich mit all den Dämonenbildern an den Wänden der obere Teil bis zum Schwarzsee ist, so schön ist der Ring um den Schwarzsee selbst bis zum Dunkelschacht. Die Wände schimmern, als wären sie mit Zuckerguss lasiert, in den allerschönsten Farben und in den Fugen leuchtet Moos wie Glühwürmchen. Es ist sehr friedlich hier, sorglos. Der Bergfürst ist sehr höflich und solange man Skada nicht verärgert, fehlt nur das Sonnenlicht." Sie seufzte. „Manchmal erlaubt uns Skada, einen Ausflug. Dann dürfen wir zur Belohnung nach oben, aber nur in dunklen Nächten und nur kurz."

Ayra beschloss, Skada nicht zu mögen. „Und was treiben die Maiden so den ganzen lieben Tag?"

Salea zögerte. „Wir arbeiten in der Küche und sorgen dafür, dass Skada schön ist. Im Grunde sind wir Mägde und Zofen an einem freundlichen Hof."

„Wer gehört noch zum Berghofstaat?"

„Wir bleiben unter uns", erwiderte Salea schnell. „Manchmal kommen Zwerge oder Trolle zu Besuch, aber meist müssen wir in unseren Kammern bleiben. Manchmal kommt die Elfenherrin vom Turm, um sich vom Bergfürst Kristalle geben zu lassen, die er in seinem Garten züchtet. Dann gibt es ein Festmahl, an dem wir auch teilnehmen dürfen. Weißt du, wie wunderschön Elfen singen?“

Ayra lächelte. Natürlich wusste sie das. Sie war sehr aufmerksam Dingen gegenüber, für die man keine Augen brauchte.

„Was ist mit den Prinzen?“

Salea seufzte. „Die werden in Ehren empfangen und müssen sich dann der Prüfung stellen. Dazu geht es hinab in den Dunkelschacht, um sich der Essenz der Nacht zu stellen, ganz wie es der Fluch besagt. Bislang ist keiner zurückgekommen.“

„Das ist nicht schön“, flüsterte Ayra.

„Nein“, bestätigte Salea. „Weißt du, wer für dich kommt? Wer dein Prinz ist?“

„Als ich ging, hat sich noch keiner gemeldet“, erklärte Ayra betont sachlich. „Uns gehen langsam die schönen Mädchen und die edlen Krieger aus, fürchte ich. Darum bin ich ja hier. Weder schön noch liebenswert.“

„Das sagst du nur, weil du dich nicht sehen kannst.“ Salea griff nach ihrer Hand. „Du bist hübsch, Ayra. Du hast wunderschönes Haar und große blaue Augen mit langen Wimpern. Und dieser Schleier über deinen Augen sieht aus, als würden Wolken vorüberziehen.“

„Er zieht nur nirgends hin, sondern ist immer da.“

„Entschuldige ...“

Ayra drückte Saleas Hand. „Es ist gut, wie es ist. Die Götter werden wissen, warum sie mich so wollten. In meiner Welt komme ich gut zurecht. Es ist nur traurig, dass sie so anders als die eure ist, in der sich alles stetig um das Sehen dreht. Das macht mich eben einsam.“

„Ich bin froh, dass du da bist!“, sagte Salea. „Wenn du mit mir gehst, bist du übrigens kein Einzelgänger mehr.“

„Das ist richtig.“

„Na, also! Eigentlich soll ich dich zum Abendessen holen.“ Salea stand auf und wandte sich dann nochmals Ayra zu. „Aber ich bin sicher, dass sich für dich auch ein Prinz findet. Was ist denn mit Milan? Ich hatte immer den Eindruck, den würdest du mögen?“

„Wie kommst du denn darauf?“, sagte Ayra eine Spur zu schnell, um sich selbst zu überzeugen, aber zum Glück war Salea noch nie die Aufmerksamste gewesen. „Der Graf wird wohl kaum seinen Erben losschicken.“

„Aber es würde dich freuen, wenn er käme, oder?“

„Nein!“ Ayra ging entschlossen zur Tür. „Wie soll ich mich freuen, wenn sich ein Mensch für einen dummen Fluch opfern muss? Noch dazu, wenn ich ihn mögen sollte, was ich hiermit keinesfalls behaupten will!“

Ekel-Alarm

Ayra ging mutig voran, schon, um sich selbst zu beweisen, dass sie Skadas Schritte richtig gedeutet hatte. Es war ihr wichtig, dass sie gerade dann, wenn sie unsicher war, sicher wirkte. Es schien ihr nur gerecht, wenn sie, die nicht sehen konnte, was die anderen sahen, selbst undurchschaubar war.

Salea folgte ihr. „Das ist wirklich unheimlich", erklärte sie etwas atemlos. „Du bist hier doch nur einmal entlang gegangen und noch nicht einmal auf direktem Weg."

Ayra drehte sich so abrupt zu ihr um, dass Salea gegen sie gelaufen wäre, wenn Ayra sie nicht zurückgehalten hätte.

„Blödsinn! Das kommt dir nur unheimlich vor, weil du nicht weißt, wie es ist, wenn man nichts sieht. Weil du es nicht verstehst. Du könntest das auch, wenn du dazu gezwungen wärst. Es ist nur einfacher mit Augen und darum bist du faul."

„Hm..." Salea war hörbar nicht überzeugt.

„Wirklich!", bekräftigte Ayra etwas freundlicher, während sie nebeneinander zu der Treppe gingen, die in den Hauptraum führte. „Du hast gestaunt, wie Rona die schönen Farben auf die Stoffe bekommt, und gerätselt, wie Erenar es schafft, aus einem Klumpen Eisen ein scharfes Schwert zu schmieden. Das ist nichts anderes, glaub mir."

„Hm..." Ein wenig Zweifel war aus Saleas neuerlichem Schnauben verschwunden.

„Bitte", setzte Ayra eindringlich an. „Glaub mir. Sag wenigstens nichts in der Art vor den anderen. Denn das macht mich zum Einzelgänger, selbst wenn du neben mir herläufst."

„Natürlich!" Nun klang Salea aufrichtig empört. „Ich würde nie etwas tun, das dir schadet. Wir sind doch Freunde!"

Als sie die Halle erreichten, setzte Applaus ein. Ayra war erstaunt, dass wie Halle nun deutlich kleiner klang als zuvor. Das bedeutete, dass der Berghofstaat größer als erwartet war und die Halle deutlich gefüllter.

„Geradeaus etwa fünf Schritt", raunte Wyth ihr kaum hörbar ins Ohr. „Dann bleib stehen und verneige dich vor Hyll! Er steht links, Skada etwas versetzt rechts von ihm."

Ayra nickte dankbar. Das Echo ihres Schnalzens hatte ihr zwar schon verraten, dass Hyll vor ihr stand, aber sie war nicht sicher gewesen, ob die Gestalt neben ihm Skada war. So wie sie die erste Maid einschätzte, konnten hier Irrtümer in jede Richtung unendlichen Ärger bedeuten.

„Willkommen, Maid Ayra. Ich hoffe, du fühlst dich wohl bei uns. Mein Hofstaat ist verzückt von deiner Anmut und deiner stolzen Haltung. Es ist beeindruckend, wie du dich im Labyrinth und meinem Bergreich zurechtfindest. Darum habe ich eine ganz besondere Aufgabe für dich."

„Fürst, ich habe bereits ...", setzte Skada an, doch Hyll unterband ihren Einwand mit einem unwilligen Brummen.

„Ich will dir die neue Maid gar nicht vorenthalten", sagte er dann. „Doch wenn jemand so gut passt wie Ayra hier, wäre ich ja dumm, wenn ich das nicht nutzen würde." Er zögerte wohlplatziert. „Und wer hier hielte mich für dumm?"

Empörtes Raunen lief wie eine Riesenwelle durch den Raum, doch Ayra konzentrierte sich ganz auf die erste Maid an der Seite des Bergfürsten. „Eure Weisheit, Fürst, ist unermesslich“, sagte Skada beherrscht, auch wenn Ayra ihre Verärgerung förmlich riechen konnte.

„Und in ebendieser wünsche ich, dass meine neue, so überaus wehrhafte Maid meine Leibwache ist.“

„Aber, Fürst, sie ist blind!“, entfuhr es Skada in einer Mischung aus Verblüffung und Empörung.

„Und hier ist es dunkel.“ Hyll lachte. Es klang erstaunlicherweise warm und herzlich. „Da ist jemand, für den es immer dunkel ist, deutlich besser dran als wir.“

Ayra spürte, wie der Bergfürst sich wieder ihr zuwandte und einen Schritt auf sie zutrat.

Sie verneigte sich. „Zu gütig, Fürst.“

Hyll griff ihre Hand und zog sie hoch. „Und nun lasst uns deine Ankunft feiern, meine Maid!“

Musik spielte auf und von überall her erklangen Willkommensrufe. Ayra lächelte, obwohl es sie gerade überforderte. Es waren zu viele Töne aus zu vielen Richtungen, die sich nun wie zu einer dicken Decke verbanden, die sich um sie legte, ihr die Luft raubten und sie orientierungslos machte.

„Es sind Zwerge da und die Maiden und zwei Trolle und ein paar Gelichter“, ließ sich Wyth an ihrem Ohr vernehmen. „Nur für den Fall, dass dein Schnalzen dir solche Details vorenthält."

„Danke." Ayra entspannte sich etwas. „Beschreib mir die Gelichter, bitte." Sie hatte schon viel über die Wesen aus magisch belebtem Feuer gehört, ihre heiße Präsenz auch einmal gespürt, als sie neben Milan an der Tafel des Grafen gesessen hatte. Bei dem Gedanken lächelte sie. Sie hatte mit Milan gesprochen, über Belanglosigkeiten, den ganzen Abend lang. Er roch so gut, nach Leder und Leas angenehm würzig duftender Seife, die sich auf seiner Haut zu seinem ganz eigenen Geruch verdichtete, es war wie Magie! Und Milan hatte eine so wunderbare Stimme, die zum Träumen einlud. Ihr hätte sie auch dann gerne gelauscht, wenn Milan ihr nur aus dem Codex vorlesen würde.

„Ein Zwerg kommt auf dich zu. Das dürfte der Anführer der Delegation sein. Vermutlich will er dich um den Tanz bitten."

Noch bevor Ayra auf diesen Hinweis reagieren konnte, trat jemand vor sie und sprach sie an. Oder vielmehr ihre Schulter.

„Maid Ayra, mein Name ist Amandar vom Blaufels. Erweist Ihr mir die Ehre des ersten Tanzes?"

Ayra war sich nicht sicher, sah hilfesuchend zum Bergfürst, doch als der nicht reagierte, nickte sie. „Es ist mir ein Vergnügen."

„Der erste Tanz mit Hyll steht immer Skada zu", erklärte Wyth leise an ihrem Ohr. Für einen Augenblick meinte sie, einen etwa kirschgroßen Knopf an ihrem Hals spüren zu können, doch das verging so schnell, dass sie nicht sicher war.

Amandar ergriff ihre Hand und führte sie mit festem Griff in Richtung Schwarzsee. Sie gingen durch einen Ring aus Wärme, offenbar war die Tanzfläche, nicht anders als sie es von den Dorffesten kannte, mit einem Ring aus Fackeln abgesteckt.

Der Zwerg drehte sie herum und nahm Tanzhaltung ein. Die Musik setzte ein und sie begannen ihren Tanz, kleine Kreise in einem großen Reigen, ein Sinnbild des Lebens, das sich auch Tag um Tag um Kleinigkeiten drehte, bis ein Jahreskreis geschlossen wurde und ein neuer begann.

„Ihr bewegt Euch sehr sicher, für jemanden, der nicht hinsieht", bemerkte Amandar.

„Weil ich es nicht anders kenne." Ayra lächelte. „Ich bin blind."

„Das muss im Berg kein Nachteil sein. Bei Zwergen kommt es öfter vor, dass ein Knurpel blind zur Welt kommt."

„Knurpel?"

„So heißen bei meinem Volk die kleinen Kinder." Amandar lachte. „*Kurze* wäre ja irreführend, nicht wahr?"

Der Tanz endete und ein Wesen trat vor sie, dass sicherlich über die dreifache Masse von Amandar verfügte. Seine bloße Präsenz schottete einen guten Teil des Trubels in der Halle ab. Das musste entweder einer der beiden Trolle oder der Bergfürst selbst sein.

„Ayra, darf ich bitten?", fragte Hyll höflich und griff auf ihr Nicken hin nach ihrer Hand.

So verging der Abend mit Tanz und Plaudereien und alles war gar nicht so anders als sie es aus ihrem alten Leben kannte. Tatsächlich fühlte sie sich am Hof des Bergfürsten wohl. Was, wie sie zugab, auch daran lag, dass ihr Wyth getreulich berichtete, was sie selbst nicht erkennen konnte. Das machte ihr Freude, denn so gut sie sich allein zurechtfand, war es doch schön, dass sie zu den Schemen, Gerüchen und Tönen so bequem weitere Hinweise erhielt. Wyth erzählte ihr Dinge, die ein Mensch nicht bemerken und wenn, anders ausdrücken würde, was Ayra weiterhin völlig im Dunkeln darüber ließ, wer ihr seltsam körperloser Berater war.

Gerade saß sie an einer der drei langen Tafeln und genoss neben einem Becher Met ein Stück warmes Brot mit Öl und Salz. So einfach das Mahl war, so köstlich schmeckte es doch.

„Roza kommt“, raunte Wyth, als sich die Maid auch schon mit einem entsetzten Aufschrei selbst zu erkennen gab!

„Ayraaaa!“, kreischte sie! „Gütige Götter, pass auf! Du hast eine dicke Spinne im Haar! Igitt!“

„Was?“ Ayra sprang auf, allerdings mehr aus Schreck vor Rozas Geschrei als wegen einer Spinne. Sie hatte mit Spinnen eigentlich keine Probleme, war aber nun von Rozas offenkundigem Entsetzen verwirrt. „Wo?“

Unwillkürlich fuhr sie mit der Hand durch ihr Haar.

„Pass doch auf!“, klagte Wyth, gerade als sie unter ihrem Zopf tatsächlich auf einen fremden Körper stieß.

„Jetzt ist sie am Boden!“, rief eine andere Maid, deren Stimme Ayra noch nicht zuordnen konnte. Heftiges Stampfen zeigte, dass auf das arme Tier Jagd gemacht wurde.

Dem Stimmengewirr zufolge war die Spinne jedoch entkommen. Die hektischen Bewegungen konnte Ayra so schnell nicht verorten, was ihr schmerzlich bewusst machte, dass sie diese Halle noch nicht wirklich in ihre Welt eingefügt hatte.

„Hilfe!“, klang es verzweifelt vom Boden her. Wyth schien sich an ihrem Fuß zu befinden.

Ayra setzte sich wieder. „Wo bist du denn?“, zischte sie, während sie sich zur Tischkante beugte.

„Auf deinem Stiefel.“

„Dann versteck dich unter der Krempe“, befahl Ayra. „Ich gehe in meine Kammer.“

Sie wartete kurz, bis die Meute der wüst nach jedem Schatten stampfenden Spinnenjäger sich fortbewegte, griff dann nach ihrem Stab und ging zielstrebig zurück zu ihrer Kammer. Schnalzend fand sie den Gang, der zu dem Raum der Maiden führte, stieg die vier Stufen nach unten und nahm die dritte Tür, die in ihre Zelle führte.

„Warum hast du mir nicht gesagt, dass du eine Spinne bist?“, fragte sie dann, als sie auf ihrem Bett Platz genommen hatte und ihre Stiefel nach vorne streckte.

„Ist die Frage ernst gemeint?“, fragte Wyth. Unter der Empörung war Erschöpfung deutlich zu hören.

„Ja! Sonst würde ich sie nicht stellen."

„Weil die Menschen auf meinesgleichen eben immer so reagieren wie sie reagieren. Wenn andere von sich behaupten, dass jedes Mädchen bei ihrem Anblick kreischend in Ohnmacht fällt, stellt man sich das irgendwie anders vor. Nur nicht bei uns! Ich weiß gar nicht, warum. Wir tun doch niemandem was! Aber Menschen finden uns gemeingefährlich oder mindestens eklig."

„Da bin ich auch überfragt. Aber wir sind doch Freunde", sagte Ayra, die zugegebenermaßen bis gerade eben, zwar nichts gegen Spinnen gehabt hatte, aber auch nichts für sie.

„Du willst Freund einer Spinne sein?"

„Warum denn nicht?" Ayra hob ihren Fuß, auf dem Wyth immer noch saß, und wackelte auffordernd damit. „Du warst freundlich und hilfreich. Ich wäre dumm und undankbar, würde ich dir das nicht vergelten. Immerhin hast du mir deine Augen geliehen."

„Das ist gar nicht so großmütig", murmelte Wyth geschmeichelt. „Ich habe ja acht davon."

„Darum auch dein Name?", fragte Ayra. „Wyth für Acht? Acht Beine, acht Augen?"

Sie war sehr froh, dass sie jetzt verstand, warum sie Wyth nicht bemerkt hatte. Die Spinne war zu klein, um Ayra bei ihrer Suche nach etwas viel Größerem aufzufallen. Die Spinnenfäden erklärten, warum Wyth so oft von oben herab geklungen hatte und auch, wie die schnellen Positionswechsel zustande gekommen waren.

„Na dann." Wyth kicherte. „Du bist, da will ich deiner Freundin gar nicht widersprechen, wirklich seltsam."

„Sei froh, denn dann fällt eine Spinne nicht weiter auf. Ich spinne eben auch."

Leibwache

Die Tage vergingen schnell.

Was auch daran liegen mochte, dass Tage dort, wo Lichtwesen des Sonnenlichts beraubt wurden, dann begannen und endeten, wann es von den Mächtigen bestimmt wurde. In diesem Fall von Skada.

Wenn man hingegen wie Ayra die ganze Zeit in Dunkelheit verbrachte, hatte man gelernt, Zeit auch ohne Sonne einzuteilen. Und so bemerkte Ayra durchaus, dass ein Skada-Tag im Berg um etwa eine Stunde kürzer war als ein normaler Sonnentag. Doch während sie überzeugt war, dass Skada dies nicht zufällig so hielt, war ihr ein völliges Rätsel, was sie damit bezweckte.

Auch Wyth hatte keine Erklärung, bestätigte aber die Verkürzung. Auch er rechnete mit zwei Kalendern, der Bergzeit und der anderen eben.

Die Spinne hatte in ihrer Zelle die Ecke über dem Bett bezogen und dort ihr Netz aufgespannt. Wenn sie Ayra begleitete, dann trug Ayra ein feines Tuch um den Hals, in dessen Falten bequem ein kleiner Gast Platz nehmen und herausschauen konnte, ohne dass es wieder zu irgendwelchen Ekel-Alarmen kam.

Während die anderen Maiden mit Skada arbeiteten, stand Ayra die meiste Zeit mit strengem Blick etwas seitlich versetzt hinter Hyll und perfektionierte ihre Fähigkeit, schnalzend die Welt zu erfassen. Sie fühlte sich wohl im Berg, die Welt hier war begrenzter, endlich und daher einfacher zu merken. Hier unten regierte die Dunkelheit, *ihre* Dunkelheit, und das ewig besserwissende Licht war nur zu Gast. Und doch vermisste sie die Nächte, die kühle, klare Nacht und die sanfte Liebkosung, mit der das Mondlicht über ihre Haut strich. Ebenso wie die Sonne, die sie wärmte und alles um sie herum lebendig werden ließ.

„Guten Morgen, meine Dunkelmaid", begrüßte sie der Bergfürst wie jeden Tag. „Ich hoffe, du hast gut geschlafen und farbenfroh geträumt."

„Mein Verständnis von Farben ist sehr persönlich, Fürst", erwiderte Ayra ehrlich. „Aber mein Schlaf war tief und friedlich und sehr facettenreich."

„Das ist ja noch schöner!" Hyll lachte. „Ich bin der Bergfürst, weil ich im Berg lebe und Kristalle züchte. Ich lebe hier, weil mich im Dunkeln meine Gestalt nicht behindert. Du, meine Dunkelmaid, hättest nirgends Probleme mit meiner Form, denn du nimmst mich ganz anders wahr."

„Ihr solltet der Welt eine Chance geben, Euer wahres Gesicht kennenzulernen, Fürst", sagte Ayra. „Sehen ist ein seltsames Geschäft, denn viel öfter als man hinsieht, ergibt es sich, wissentlich wegzusehen oder etwas irrtümlich zu übersehen. Und manchmal wird man auch von etwas absehen. Das ist, als würden die Augen abreisen."

„Du weißt viel vom Sehen, wenn man bedenkt, wer und was du bist", schnappte Skada.

„Verständnis bedarf keiner Augen", erwiderte Ayra bescheiden. „Und so habe ich früh erkannt, dass all diese Formen des Nicht-Sehens immer dort gedeihen, wo das Herz spürt, dass das Auge irrt. Gebt den Herzen die Möglichkeit, Euch zu erfassen. Ich bin gewiss, viele werden sich bereichert fühlen."

„Du verstehst tatsächlich, meine Maid." Hyll lehnte sich von seinem Sitz nach vorn und ergriff für einen anerkennenden Druck ihre Hände. „Nicht nur das Sehen, sondern auch das Sprechen. Da ist sehr interessant."

Ayra wusste, wie groß der Bergfürst war, wie breit seine Schultern waren. Er wirkte auf sie wie ein Troll, doch er bewegte sich anders und roch anders. Wie eine riesige Kröte und nicht wie magisch belebter Stein. Sie hatte Wyth gefragt, doch für die Spinne war Hyll eben der Bergfürst. Salea hingegen, hatte nur in plötzlichem Unbehagen den Kopf geschüttelt und ihr empfohlen für die Gnade, nicht zu sehen, dankbar zu sein.

Doch damit hatte sie Ayras Fantasie und Neugier nur angestachelt.

„Die Begeisterung für diese Maid scheint nicht ungeteilt", erklärte Skada in diesem Augenblick. „Acht Tage bist du nun hier. Acht Tage und kein Prinz." Sie lachte humorlos. „Was sollen wir tun, wenn keiner kommt?"

„Dann lastet der Fluch ein weiteres Jahr auf dem Berg", seufzte Hyll und verlagerte sein Gewicht, was sein mit feinen Schnitzereien überzogene Thron mit einem unwilligen Knirschen quittierte.

„Ihr macht es Euch aber leicht", rügte Skada vorsichtig. „Woran liegt das, ist das doch sonst nicht deine Art?"

„Was ist leicht daran, wenn ich hinnehme, was unabänderlich ist?" Leichter Unmut schwang in Hylls Stimme. „Skada, ich schätze deine Sorge, aber ich bin der Bergfürst. Der Herr der dunklen Träume. Ich kann gut auf mich selbst aufpassen."

„Verzeiht!"

Ayra konnte förmlich spüren, wie sich die erste Maid innerlich in ihr vielfach gepanzertes Schneckenhaus zurückzog. „Unter Menschen ist es üblich, dass man sich um andere sorgt."

Hyll ging darauf nicht weiter ein. „Ayra, ich will frische Luft atmen! Als meine Wachmaid wirst du mich an die Oberfläche begleiten."

„Wollt Ihr nicht einen anderen, fähigeren Wächter wählen?", widersprach Skada, noch bevor Ayra etwas sagen konnte. „Einen, der mehr wert ist? Für den sich wenigstens irgendein Retter findet? Sonst kamen die Prinzen immer nach spätestens drei Tagen. Gibt Euch das nicht zu denken?"

„Nein!" Hylls Stimme schob Zorn vor sich her wie eine Welle, die durch die Berghalle schwappte, an den Wänden über dem Schwarzsee brach und dann wieder zu ihnen zurückrollte. „Ich schätze einen Wächter, der mich nicht fürchtet. Einen, der die Nacht nicht fürchtet." Er beruhigte sich. „Ich gehe nach oben und ich freue mich darauf."

Skada schnaubte fast unhörbar. Aber eben nur fast. Ob sie dabei an Ayras feine Ohren gedacht hatte?

„Hol dir deinen Mantel, Ayra", befahl Hyll im nächsten Augenblick.

Ayra nickte und begab sich in ihre Kammer. Sie kannte den Weg gut genug, um ihren Stab nur vorsorglich vor sich über den Boden zu führen.

„Wenn Blicke Pfeile wären, hättest du ein Loch im Rücken", raunte ihr Wyth zu.

„Man muss nicht sehen, um das zu bemerken." Ayra kicherte, obwohl es gewiss nicht lustig war, von Skada gehasst zu werden. „Ich kann dir sogar sagen, wo die Löcher wären."

„Pass trotzdem auf. Es ist noch keiner Maid bekommen, wenn der Bergfürst sie bevorzugt."

Den Verdacht hatte Ayra auch. Allerdings war ihr noch nichts eingefallen, wie sie das verhindern konnte. Hyll war fasziniert davon, wie sie sich blind zurechtfand, und suchte ihre Gesellschaft. Dabei ignorierte er Skadas Eifersüchteleien ebenso wie Ayras Versuche, sich von ihm fernzuhalten.

Ayra nahm ihren Mantel vom Haken und spannte die Sehne an ihren Stab. Dann warf sie sich nach kurzem Zögern noch ihren Messergurt über.

„Wappnest du dich gegen Skada?“, fragte Wyth. „Oder warum sonst staffierst du dich aus wie eine Kriegerin?“

„Weil ich als Wachmaid wehrhaft sein sollte, denke ich.“

„Meinst du nicht, der Bergfürst kann auf sich selbst aufpassen?“

„Auch der Stärkste kann Hilfe gebrauchen. Rückendeckung vielleicht.“

„Wenn die Deckung nichts sieht …“

Ayra schluckte. „Im Dunkeln helfen Augen nichts und überall sonst habe ich acht Leihaugen.“

„Zwei!“, korrigierte Wyth. „Die Rede war von zwei. Wenn du mich so lieb bittest, gehe ich auf vier. Aber mehr gibt es nicht!“

„Hauptsache, du kommst mit!“ Ayra schlang sich ihren Schal um den Hals und ging zurück in die Halle. Sie wusste, dass Wyth ihr folgen würde. Das tat die kleine Spinne immer. Sie wusste nicht, warum sich das so gut anfühlte. Wie einsam musste man sein, wenn einem eine Spinne als Freund genügte? Wie einsam war man, wenn wirklich niemand loszog, um einem zu helfen?

„Was schaust du so unglücklich, Ayra?“, fragte Salea links von ihr.

„Nicht unglücklich, nur aufgeregt.“ Ayra lächelte und drückte ihrer Freundin die Hand. Sie war undankbar, denn Salea bemühte sich wirklich, ihr zu helfen. Ebenso wie die meisten anderen Mädchen.

Trotzdem schmerzte, dass aus dem Dorf ihr niemand beistehen wollte.

„Ayra, meine Dunkelmaid!“ Hyll sah sie und stand auf. „Lass uns gehen. Führ mich aus dem Berg!“

„Soll ich mitkommen?“, schlug Skada vor.

„Nein.“ Der Bergfürst schüttelte den Kopf, das konnte Ayra an dem leichten Rascheln hören, mit dem sein langes Haar über den Schuppenpanzer schabte. Und an der Art, wie Skada die Luft einsog und etwas zittrig wieder ausstieß.

Ayra nickte nur, griff ihren Stab fester und schritt zum hinteren Teil der Höhle, an der die Treppe nach oben führte.

Den oberen Teil des Labyrinths hatte sie sich inzwischen recht gut erschlossen und in Gesprächen mit Amandar noch einige Details erfahren können. Der Zwerg war fasziniert von dem Bild, das sie ihm über die Stollen liefern konnte, schrittgenau und markiert, auch wenn Ayras Schrittmaß länger als das von Amandar war.

Jetzt führte sie Hyll und zwei junge Trolle sicher und zielstrebig nach oben in die *Händlerhalle,* wie der Bergfürst die obere Höhle nannte, in der die Maiden zurückgelassen wurden. Oder die Prinzen.

Es schmerzte Ayra, dass sie die einzige Maid war, für die sich offenbar kein Retter fand. Gar keiner. Das war deprimierend. Wie hatte Skada gesagt? *Kein Prinz in Sicht, weit und breit.* Und dann hatte sie wieder gelacht.

Es war erstaunlich, wie humorlos ein Lachen klingen konnte. Wie schmerzhaft.

Sie straffte sich und durchquerte die Händlerhalle, bis sie vor dem *Nachttor* stand. Jener beeindruckenden Konstruktion, die von der anderen Seite Stoff zahlloser Legenden und Schauergeschichten war. Amandar war in eine Kammer gegangen und betätigte dort die Hebel und Räder, die es ermöglichten, das *Nachttor* ein Stück weit zu öffnen. Genug, um sie in die Welt dort draußen zu entlassen.

„Es ist lange her, dass ich mein Volk nach draußen begleitete“, sagte Hyll neben ihr. Seine Stimme klang etwas anders hier oben. Vor Erwartung vermutlich, und fast meinte sie zu spüren, wie die riesige Gestalt vor Aufregung vibrierte. Nicht anders als ein

Rennpferd, das aufgeregt auf den Start wartete. „Ich freue mich darauf."

„Was hat Euch gehindert, Fürst?"

„Angst", sagte Hyll schlicht. „Nichts anderes als Angst. Man sagt, ich sei der Herr der Angst. Aber müsste ich sie dazu nicht beherrschen?"

„Ihr habt Angst und doch seid Ihr hier." Ayra hätte zu gern das Gesicht des Bergfürsten gesehen. „Mir scheint, damit habt Ihr Euch diesem Gegner gestellt und ihn überwunden. Bedarf es mehr, um ihn zu beherrschen?"

„Vielleicht nicht", gab Hyll zu bedenken, während sie warteten, dass sich knirschend das Nachttor öffnete. Kühle Nachtluft, die sacht über Ayras Haut strich, kündete davon, dass es nicht mehr lange dauern würde.

„Doch genügt es nicht, stärker zu sein, um ein Herrscher zu sein. Etwas zu überwinden, genügt nicht, um zu gestalten, Wege zu finden oder zu ordnen." Er seufzte. „Dafür bedarf es des Verständnisses. Aber auf beiden Seiten."

„Wie meint Ihr das?", fragte Ayra, der nicht einfiel, warum es nötig war, seinen Herrn zu verstehen – außer vielleicht, um Ärger weiträumig zu umgehen.

Hyll legte ihr seine riesige Pranke auf die Schulter und schob sie unerwartet sanft vorwärts.

Gehorsam trat Ayra durch das Nachttor auf die Plattform, hinter deren Brüstung spürbare Weite einen vermutlich grandiosen Blick über den Torodorat und seine zerklüfteten Gipfel bis zum Silbermeer bot. Es tat gut, nicht mehr von Fels umgeben zu sein. So gut, dass Ayra unwillkürlich die Arme ausbreitete und die kühle, klare Nachtluft einer Sommernacht genoss, in der noch Reste eines Regenschauers hingen.

„Du hast das vermisst?“, sagte Hyll neben ihr. Er klang etwas beklommen.

„Oh ja!“ Ayra schämte sich über die Begeisterung in ihrer Stimme, wenn das Wesen neben ihr doch so offenkundig anders empfand.

„Siehst du? Das muss ein guter Herrscher verstehen und beherzigen“, erklärte Hyll ruhig, während er an ihr vorbei an die Brüstung trat, und mit seinen Klauen gedankenverloren darauf trommelte.

„Ebenso aber hilft es, wenn mein Hofstaat verstehe, warum ich diesen Wunsch nicht uneingeschränkt zulassen kann.“

Ayra nickte. So hatte sie das noch nie gesehen. Der Graf erklärte wenig. Er befahl. Und niemand fragte. Warum eigentlich nicht?

„Lasst uns in die Ebene hinuntergehen", sagte Hyll nach einer Weile. „Ich möchte ein paar Kräuter am Mandara-Quell suchen."

Ayra nickte. Sie wusste, dass der Pfad zu ihrer Rechten verlief, zwischen zwei hohen Felsen hindurch, die sich wie zwei Liebende zum Kuss einander zuneigten. Schnalzend suchte sie nach ihnen und hielt dann darauf zu.

„Fürst?" Als Ayra bemerkte, dass Hyll ihr nicht folgte, hielt sie irritiert inne. „Dieser Weg führt zum Mandara-Quell." Sie lächelte aufmunternd. „Es ist nicht weit und dort wird es euch gefallen. Es ist wunderschön dort. Es duftet nach Mooshütchen, Erde und Wald. Die Quelle murmelt herrliche Geschichten. Die Bäume schützen euch vor neugierigen Blicken, doch das köstliche Wasser lockt die Wesen des Waldes und auch sie erzählen Wissenswertes."

„Ich weiß", sagte Hyll. Zögernd folgte er ihr, flankiert von seinen beiden Trollen. „Die Quelle hat die Form eines Herzens und die Felsen, denen sie entspringt, funkeln, denn sie werden vielfach von Quarzadern durchzogen und Kristallsplitter schimmern im Wasser. Die benötige ich, um weitere im Berg züchten zu können. Skada bringt mir aus der Tiefe gutes Kristallflöz, aber für manche Arbeiten muss ich es veredeln."

„Das klingt wundervoll." Ayra schnalzte leise, überprüfte das, was sie hörte, mit der Karte in ihrem Kopf, und nahm dann zuversichtlich den ausgetretenen Pfad, der hinunter zum Dorf führte, und von dem ein anderer Pfad zum Mandara-Quell führte. Leider hatte sich Ayra nicht die Schrittzahl gemerkt, die ihr die Entfernung bis zu dieser Abzweigung anzeigen würde.

„Wyth", raunte sie daher leise. „Könntest du bitte nach einer mächtigen Dracheneiche zur Rechten Ausschau halten? Von dort führt nämlich der Weg zur Quelle. Ich habe keine Lust, jeden einzelnen Baum abzutasten."

„Herzlich gern", erwiderte die Spinne in ihrer Tuchfalte. „Wenn du mir sagst, wie eine Dracheneiche aussieht."

Wie so oft in den letzten Tagen stellte Ayra fest, dass die Beschreibungen der Menschenwelt sehr von denen in Spinnenkreisen abwichen. Gewiss war das auch bei Bäumen nicht anders. „Du weißt, wie Eichenblätter aussehen?", fragte sie daher vorsichtig. „Wie die

Umrisse von Bäumchen. Und bei Dracheneichen sind die Blätter länger und spitzer. Der Baum, den ich suche, ist älter als die meisten hier. Mit einem breiten Fuß und mächtigen Wurzeln ..."

„Aha." Wyth wirkte nicht überzeugt. Vielleicht sollte sie doch einen der Trolle bitten, für sie Ausschau zu halten. Doch aus irgendwelchen albernen Gründen, wollte sie es lieber allein schaffen – oder jedenfalls mit ihren eigenen Verbündeten.

Also ergänzte Ayra nach kurzem Überlegen: „Ein Bär reibt sich regelmäßig an ihm. Dort sind Fellstückchen und Bärenschweiß. Und ein Ameisenhügel zwischen den Wurzeln."

„Sag das doch gleich. Damit kann ich etwas anfangen!" Wyth klang erheblich zufriedener als gerade noch. „Und jetzt pass auf, da vorne wird es wurzelig. Ich will nicht, dass du stolperst und mich durch den Wald schleuderst."

„Wie selbstlos, Krabbeltier!"

„Mit wem sprichst du?", fragte Hyll hinter ihr.

„Mit dem Wald!" Unwillkürlich beschleunigte Ayra ihre Schritte, hielt sich in der Mitte des Pfads und ertastete mit dem Ende ihres Bogens, wo sie Wurzeln ausweichen musste. „Es ist schön, wieder hier zu sein.

Der Wald ist eine eigene Welt, die Ihr Euch unbedingt ansehen solltet."

„Ach?"

„Ja!", wiederholte Ayra. „Der Wald hat viel mehr zu bieten als nur Kristalle."

„Ach?" Sie konnte förmlich spüren, wie sie Hyll mit einem bösen Blick bedachte. Es war anders gemeint gewesen, aber ihr fehlten die Worte, das zu erklären. Also zog sie den Kopf ein und ging schnell weiter.

„Autsch!"

Zu schnell womöglich, wenn man sich dann die Füße an den Wurzeln stieß.

Nach kurzem Zögern folgten auch die Trolle und Hyll.

„Da vorn ist der Bärenschrubber", bemerkte Wyth nach einer Weile. „Du solltest nie dem Bergfürst erzählen, es gäbe Besseres als die Schätze der Unterwelt. Hyll ist besessen von seinen Kristallen."

„Danke für deinen Rat", sagte Ayra leise. „Den hätte ich vorher gebraucht."

„Soll ich mich jetzt dafür entschuldigen, dass ich dich nicht für so dumm gehalten habe?"

Schweigend gingen sie bis zu der Eiche und wandten sich dann nach rechts, wo wie erwartet ein Pfad tiefer in den Wald führte.

Doch Ayra zögerte.

„Was ist?“, fragte einer der Trolle, als er zu ihr aufschloss.

„Feuer.“ Ayra legte den Kopf in den Nacken und sog die Nachtluft ein, in der nun Rauch und Asche schwangen.

„Ein Waldbrand?“ Sie konnte Wyth in seiner Tuchfalte zappeln spüren.

„Ein Reisigfeuer, hastig entfacht, und daneben der Geruch von Kräutern, Salz und Trockenfleisch. Ich nehme an, Wanderer, die sich ihr spätes Mahl bereiten.“

„Dann warten wir hier!“, befahl Hyll hinter ihr. „Ich will keine Menschen treffen.“

„Es könnten auch Zwerge, Elfen oder Rojas sein“, gab Ayra zu bedenken. „Doch auch vor ein paar Reisenden solltet Ihr Euch nicht fürchten.“

„Ich fürchte mich nicht vor den Reisenden“, grollte Hyll. „Doch ich ertrage ihre Blicke nicht. Ihr Entsetzen, ihren Ekel. Und das, was sie aus mir machen.“

Ayra wich unwillkürlich ein paar Schritte zurück, übersah dabei eine Wurzel und wäre beinahe in den Ameisenhaufen gestürzt.

„Lasst mich gehen, erkunden und berichten“, schlug sie dann vor.

„Wie Ihr wollt.“ Hyll lachte amüsiert. „Wir warten ein Stück weiter den Weg talwärts in einer Grotte an dem Bach, der am Mandara-Quell meinem Berg entspringt. Du hast eine Stunde, meine Maid.“

„Wofür, Fürst?“

„Vertreibe die Reisenden und verschaffe mir Zugang zu meinen Kristallen.“

Nach einer kleinen Verneigung zog Ayra los. Hylls Warnung begleitete sie auf ihrem Weg durch den Wald. „Enttäusche mich nicht, meine Maid. Denn ich will Skada nicht sagen, dass sie recht gehabt hat. Und du willst das auch nicht.“

Dieses Hinweises hätte es wahrlich nicht bedurft. Mit eingezogenem Kopf beschleunigte Ayra ihre Schritte. Sie wollte vor allem nicht, dass Hyll sie in Skadas Zofenheer entlassen würde, sollte sie hier versagen. Schaudernd eilte sie weiter.

Wandersleute

„Pass auf!", warnte sie Wyth kurz darauf. „Wir sind fast da."

Das freute Ayra, denn der kurze Weg über unbekannten Boden hatte sie doch angestrengt. Sie war zwar schon einige Mal an der Quelle gewesen, mit Salea etwa, doch auch mit dem besten Gedächtnis, vorsichtigem Prüfen mit dem Stab und einer perfekten Ortung durch Schnalzen benötigte sie eben auch noch ihre Zehen, um wirklich *jede* Wurzel ausfindig zu machen.

Dass Ayra sich also nur sehr langsam näherte, lag nicht nur an ihrem Bedürfnis, erst einmal zu wissen, wen sie vor sich hatte, bevor sie sich zu erkennen gab.

Sie hielt sich ganz am Rand des Weges und achtete auf die Geräusche vor ihr.

Es dauerte nicht lang, bis sie aus dem nächtlichen Raunen des Waldes und dem Rascheln seiner Bewohner, dem gleichmäßigen Plätschern des Wassers auch Stimmen ausmachen konnte.

„Warum sollten wir warten?“, drang es durch die Schatten zu ihr. Eine Stimme, die sie schon einmal gehört hatte, in ihrem früheren Leben. Aber von niemanden, mit dem sie je persönlich gesprochen hätte, denn es fiel ihr kein Name dazu ein.

„Weil Milan uns darum gebeten hat. Wir sollen in der Gegend bleiben, während er sich seinen Weg in den Berg und durch das Labyrinth suchen will. Warum maulst du denn herum? Hier ist es doch lauschig.“

Pani?

Ayra grinste unwillkürlich. Sie mochte den Krieger, der in den Diensten des Grafen stand.

„Ich finde es hier ganz und gar ungemütlich“, widersprach der andere. „Wir sind hier nicht willkommen. Das spüre ich in meinen alten, morschen Knochen“

„Was du dir immer einbildest.“ Pani lachte, was bewies, dass *nett* und *schlau* nicht notwendig miteinander tanzten.

„Er liegt gar nicht so falsch“, sagte Ayra und trat aus dem Schutz der Bäume zu der Quelle. „Tatsächlich wünscht der Bergfürst, dass ihr den Quell verlasst. Aber gewiss könnt ihr weiter östlich an der Blutulme rasten. Dort ist ein Tümpel, in dem ihr mit etwas Glück sogar Fische fangen könnt!“

„Ayra!“, rief Pani erstaunt. „Was, im Namen der Götter tust du hier? Ich dachte, du bist gefangen im Berg?“

„Was heißt schon gefangen?“ Ayra schüttelte den Kopf und ließ sich dann von Pani umarmen. „Ich wurde zur Maid ernannt und bin dann frei und ungebunden in den Berg gegangen. Es ist eine Aufgabe, die ich mir nicht ausgesucht habe, aber der ich mich nun stelle und versuche, sie so gut zu erfüllen, wie ich es eben vermag.“

„So kenne ich dich, du bist einfach eine Kriegerin. Das bewundert Milan so an dir.“

Plötzlich lag ein Stein in Ayras Magen. „Milan?“, fragte sie betont beiläufig. „Wie kommst du denn auf den?“

„Weil der Trottel sich gemeldet hat. Er ist gestern aufgebrochen, um in den stinkenden Eingeweiden des Bergs herumzukriechen und sich mit Monstern und Geistern zu schlagen.“, schnaubte der andere Kerl. „Für dich Maulwurf! Nicht zu fassen!“

„Andal! Was soll das?“ Ayra spürte, wie peinlich Pani diese Bemerkung war. Natürlich erfreute es auch sie nicht, wenn man sie Maulwurf, Blindschleiche oder Stolpermaid nannte. Aber sie wusste, dass sie das sagten, weil sie meinten, es würde sie ärgern oder verletzen. Das war seltsam, denn letztlich beschrieben sie damit ja nur, was war. Und dadurch, dass sie es *so* beschrieben, verrieten sie so viel mehr über sich als über sie, dass Ayra eher Mitleid mit ihnen empfand. Damit war es überflüssig, sich zu ärgern. Außerdem hatte sie gerade deutlich Wichtigeres zu klären.

„Milan hat sich gemeldet?“, fragte sie noch einmal. „Wofür?“

„Als Prinz. Er ist immerhin der Grafensohn!“

„Oh!“ Damit hatte Ayra nicht gerechnet. Sie hatte es gehofft, auf alberne Art davon geträumt. Aber niemals hätte sie gedacht, dass das wirklich und wahrhaftig passieren könnte. Der umschwärmte Erbe, der einfach alles und das besser konnte. Der kühnste Reiter, der beste Fechter, der so gut musizierte und mit dieser warmen schönen Stimme sang …

„Ayra?“

„Wie?“ Sie schüttelte sich und wandte sich dann Pani zu. „Entschuldige bitte, ich war in Gedanken.“

„Wir haben gefragt, was du hier willst, und warum wir hier nicht sein sollen.“ Andal blieb übellaunig. „Nicht, dass du uns was verbieten könntest. Wir wollen hier auf Milan warten. Es wird Zeit, dass ein Prinz auch mal zurückkommt, meinst du nicht?“

„Oh ja!“ Ayra erschrak selbst, vor der Heftigkeit in ihrer Stimme. Der Gedanke, dass Milan etwas zustoßen könnte, schmerzte sie viel mehr als Andals Beleidigungen.

„Aber hier und heute bin ich als Begleitung des Bergfürsten selbst, der an dieser Quelle arbeiten will. Darum solltet ihr anderswo euer Lager aufschlagen, wenn nicht auch ihr Teil seines Hofstaates werden wollt.

„Gicht und Schimmel“, fluchte Andal. „Und wo sollen wir dann auf Milan warten?“

Ayra zuckte die Schultern. „Wie wäre es drüben am *Mahner*? Dort können auch die Pferde weiden und bei der Linde lässt es sich gut lagern. Das ist auch nicht weiter weg vom Nachttor, nur eben auf der anderen Seite des Wegs. Wenn ihr euch hier mit dem Bergfürst anlegt, seid ihr Milan keinesfalls eine Hilfe.“

„Wenn wir ihn besiegen, schon!“, schnappte Andal aufgebracht.

„Ja, wenn ...“ Ayra wandte sich ihm lächelnd zu. „Aber dann müsstet ihr immer noch den Fluch brechen, und das könnte dann schwierig werden, wenn ihr ihn seines Ankers beraubt.“

„Woher weißt du schon wieder, dass wir Pferde dabeihaben?“, staunte Pani, während er bereits begann, zusammenzupacken.

„Weil sie eine Hexe ist?“, schlug Andal vor. Ayra dachte sich, dass er selbst merken musste, was das für ein Blödsinn war, denn wenn sie eine Hexe wäre, wäre er längst ein Regenwurm!

„Dazu braucht es keine Magie, wenn es so nach frischem Pferdemist riecht wie hier.“

Darüber lachten sie gemeinsam.

Ayra wartete geduldig, bis die beiden gepackt, ihre Pferde gesattelt und davongeritten waren, dann ging sie selbst zurück, um Hyll zu sagen, dass der Mandara-Quell auf ihn wartete.

„Wer ist Milan?“, fragte Wyth, sobald sie ungestört waren.

„Milan?“ Ayra legte sich ihre Worte sorgsam zurecht, um sich nicht zu blamieren. „Milan ist der älteste Sohn des Grafen. Alle Mädchen im Dorf schwärmen von ihm.“

„Dich eingeschlossen.“

„Wie soll ich denn?“ Ayra lachte etwas lauter als zwingend erforderlich. „Blind wie ich bin, kann ich das gar nicht beurteilen. Ich kann mir nicht vorstellen, dass er so gut aussieht, wie alle sagen, denn dazu müsste er zaubern können."

„Das überzeugt mich nicht", widersprach die Spinne frech. „Denn wer blind Freundschaften findet, kann gewiss auch blind schwärmen."

„Vermutlich."

Sie erreichten den Hauptpfad an der verkrüppelten Eiche.

„Aber ich schwöre dir, dass ich nicht für Milan schwärme."

„Das freut mich zu hören", erklärte unvermittelt Hyll, der offenbar im Schatten des Baumes gewartet hatte. „Denn ich teile meine Maiden nur ungern. Milan ist also der nächste Prinz?" Er lachte leise. „Dass der vielversprechende Erbe meines lieben Grafen selbst die Herausforderung annimmt, lässt mich hoffen."

Damit schlug er den Weg zum Quell ein. „Doch jetzt wollen wir nicht über Flüche, sondern über Quarze sprechen. Und während ich Material für meine Zucht sammle, wünsche ich mir von meiner Maid, dass sie uns ein Mahl am Wasser bereitet. Ich habe den Berg seit Jahren nicht mehr verlassen und möchte diese Nacht genießen."

Das war Ayra sehr recht, denn so konnte sie ihren Gedanken nachhängen, die weniger um Hyll, die Nacht oder das gewünschte Mahl kreisten, das sie aus dem mitgeführten Proviant bereiten konnte. Warum hatte Milan sich angeboten? Normalerweise verband den Prinzen etwas mit der Maid, für die er den Bergfürsten herausforderte. Aber so gern sie sich mit Milan unterhielt oder mit ihm Pfeile schoss, sie hatte nie angenommen, dass er auch nur das geringste Interesse an ihr selbst hatte.

„Es ist albern", ließ sich Wyth nach einer Weile vernehmen, „wenn ich dich frage, aber ich verstehe nicht, was der Herr dort treibt."

„Hörst du das Schaben und Kratzen?", erwiderte Ayra. „Riechst du das Steinmehl? Und dann das Rascheln, das verrät, dass etwas in einen Lederbeutel gefüllt wird?"

„Hm..."

„Das verrät dir, dass der Bergfürst Kristalle schürft, die er dann in seinen Gärten vermehrt."

„Gut beobachtet", sagte Hyll von der Felswand hinter dem Quell her. Dann hörte sie einen schweren Körper durch das Wasser patschen und zu ihr gehen. Es war faszinierend, wie anders Hyll roch, wenn er nass war. Ein Wesen wie er war ihr noch nie begegnet.

„Du hast den Platz sehr schön bereitet", sagte er schließlich. „So lass uns rasten und dann zurückgehen, bevor das Sonnenlicht zurückkehrt."

„Wie Ihr wünscht ...", setzte Ayra zu einer höflichen Erwiderung an, doch eine federleichte Berührung einer riesigen Pranke ließ sie innehalten.

Und so saßen sie bei Brot und Wein schweigend auf der Lichtung, mit der ungeheuren Weite des nächtlichen Himmels über ihnen, mit dieser Leere der Nacht, die dort, wo die Wipfel der Bäume zurückwichen, fühlbar war.

Ayra legte den Kopf in den Nacken und genoss den Augenblick. Ein Moment, der ganz und gar ihr gehörte, obwohl er ihr den Atem raubte. In dem diese Augenwelt zu der ihren wurde. Wenn die Nacht sie mit samtener Entschlossenheit umfing, wenn die Weite über ihnen mit aller Gewalt an denen zerrte, die sich ihr stellten, deren ungeheurer Sog alle Träume, alle Hoffnungen und Wünsche aus den Nebeln des Unterbewusstseins hervorholte, beinahe in Greifweite ... aber eben auch alle Ängste, aller Ärger, aller Zorn. Es war die Magie der Nacht, die finstere Macht, die diese Welt zu einer der Gefühle machte, die keine Augen brauchte, keine Masken gelten ließ, die sich nicht täuschen ließ und wusste, warum Vertrauen blind war und Form völlig überbewertet wurde.

„Ayra, was ist mit dir?“, fragte Hyll plötzlich und zerriss durch seine Frage den Zauber wie Spinnenfäden. „Du strahlst plötzlich, als sei in deinem Herzen ein Licht aufgegangen.“

„Nicht wirklich, Fürst“, flüsterte Ayra. „Mich hat die Dunkelheit liebkost.“

Der Bergfürst erhob sich und schritt an ihr vorbei zurück zum Pfad.

„So freut es mich, dass auch du bereichert in den Berg zurückkehrst. Komm, Ayra, es ist Zeit.“

Und so packte sie rasch ihre Sachen zusammen, schulterte das Bündel und eilte Hyll hinterher.

Verzögerung

„Und wo ist nun dein Prinz?"

Drei eintönige Tage später gab sich Skada keine Mühe, ihren Spott zu verbergen. Seit Ayra und Hyll von ihrem Ausflug zurückgekehrt waren, verging keine Stunde, in der Skada sie nicht reizte, nicht spottete oder höhnte. „Und wenn dein Prinz schon nicht kommt, warum hast du nicht versucht, zu fliehen?"

Am ersten Tag hatte Amandar am Nachttor gewartet, doch Milan war nicht gekommen.

Am zweiten Tag war Skada gegangen, um nach Milan zu sehen, doch vergebens. Skadas Meinung dazu hatten alle hören dürfen, die nicht sehr gute Gründe für weit entfernte Aufgaben finden konnten.

Nun war Hyll selbst nach oben gestiegen, um den Prinzen zu empfangen – und seither nicht zurückgekehrt.

„Ich wäre an deiner Stelle gewiss in dieser Mondnacht geflohen", setzte Skada immer weiter nach.

„Aber ich hätte natürlich den Fluchtweg sehen können."

Ayra hingegen war sehr bemüht, sich ihren Ärger nicht anmerken zu lassen. „Weil die Maid in den Berg geht, damit der Fluch gebrochen werden kann", sagte sie bedächtig. „Und was auch immer den Prinzen aufgehalten hat, ich erfülle meinen Teil der Aufgabe, damit dieser Fluch ein Ende hat." Sie schluckte, wartete, bis ihre Stimme wieder gehorchte. „Wie all die Maiden vor mir. Weil es schrecklich ist, wenn der Berg Feuer speit, wenn Ascheregen die Ernte verdirbt. Wenn die Menschen hungern. Skada, du bist die erste Maid. Warum bist du zum Berg gegangen?"

„Das ist lange her!", fauchte Skada und trat dabei so dicht an Ayra heran, dass sie ihren Atem riechen konnte, in dem etwas lag, etwas Würziges, Scharfes, das ihn unverkennbar machte. „Und meine Gründe gehen dich nichts an."

Mit rauschenden Röcken ging sie an Ayra vorbei zu ihrem Platz und klatschte in die Hände. „Maiden! Lasst uns beginnen. Ich will doch schön sein für diesen Abend, an dem der Bergfürst dem Botschafter der Zwerge seine Ernte zeigen will."

Sie hielt kurz inne, vermutlich um Ayra einen bösen Blick zuzuwerfen.

„Jetzt, wo er frische Kristalle geschürft hat, nicht wahr? Mit seinen eigenen Händen, wie ein Bauer!"

„Bergarbeiter. Es sind Bergarbeiter. Bauern haben damit nichts zu tun", korrigierte Ayra über das emsige Rascheln und Scheppern hinweg, das die Vorbereitungen der anderen Maiden begleitete. Die Zofenzeit, bei der Skada herausgeputzt wurde, würde den ganzen Vormittag bis zur Essenszeit dauern. Wer oder was Skada wohl gewesen war, bevor es sie an den Hof im Berg verschlagen hatte?

„Es ist üblich, dass bei diesem Mahl auch der Prinz teilnimmt, der am achten Tage in den Dunkelschacht hinabsteigt, um zu versuchen, den Fluch zu brechen. Unschuld und Mut. Schönheit und Kraft. Bisher hat es nicht gereicht. Und in diesem Jahr findet sich schon gar keiner, der es auch nur versucht." Skada schnaubte. „Wer also auf Rettung hofft, hofft vergebens."

„Ayra hat gesagt, Milan, der Grafensohn, würde kommen. Überall im Städtebund von Tolado rühmt man ihn für Mut und Stärke", sagte Salena. „Und selbst am Kaiserhof in Athon konnte er beim Turnier überzeugen."

„Das mag ja sein. Doch dazu ist er auch noch schlau, denn offenbar kommt er nicht."

Ayra, die sich auch wegen Milans Ausbleiben längst furchtbare Sorgen machte, konnte Skada leider nicht widersprechen. Von allen denkbaren Möglichkeiten, war tatsächlich die, dass Milan beschlossen hatte, sich dieser Aufgabe doch nicht zu stellen, die Beste.

„Wie unschön!"

Der Stuhl vor dem Spiegeltisch knirschte als sich Skada setzte und mit langen, perfekt gefeilten Fingernägeln begann, auf der Lehne zu trommeln. „Wie überaus unschön, denn damit haben wir weder Fluch gebrochen noch den Feuergeist im Berg beruhigt.

„Er könnte ja noch kommen", unterbrach Salea hoffnungsvoll. „Es ist noch Zeit."

Sie nahm etwas vom Tisch und begann dann, in langen Strichen Skadas Haar zu bürsten. Ayra konnte hören, wie die Bürste über die Haare glitt.

Die anderen Maiden salbten Skadas Haut, färbten ihre Nägel, parfümierten ihre Kleider.

Ein Heer von Zofen für die erste Maid. Und sie stand allein herum, bis Hyll wieder nach ihr verlangte.

„Ich bin gespannt, was der Bergfürst machen wird, wenn kein Prinz kommt" plauderte Skada. „Der Fluch besagt, dass er dann schreckliche Qualen leiden muss, wenn sich niemand dem Berg stellt. So gesehen, ist es eine Frechheit der Dörfler, eine Maid zu schicken, für die sich kein Recke findet, der für sie den Berg herausfordert, findet ihr nicht?“

„Aber Milan ...“, setzte Salea an, wurde aber von Skada grob unterbrochen.

„Milan, Milan, Milan!“, äffte sie ihre Zofe nach. „Wo ist er denn?

Ayra spürte, wie sie Skada böse anstarrte. So böse, dass ihre Blicke förmlich wie Käfer über Ayras Haut krochen. „Wenn er nicht kommt, bist du schuld.“

„Und damit, dass wir wissen, wer schuld ist, ist alles gut, ja?“, sagte Ayra. „Dann hat dein Zorn ein Ziel, das von dir fortführt, und du bist entlastet. Dann ist das Problem zwar nicht gelöst, aber wir wissen, wer es zu lösen hat und du kannst dich zurücklehnen und weiter dein Haar zu Zöpfen flechten lassen, während du mit gehässigen Worten andere ...“

„Niemand spricht so mit der ersten Maid!“, fauchte Skada und sprang so heftig auf, dass ihr Stuhl polternd umstürzte. „Ich tue alles, um das Auge des Bergfürsten zu erfreuen, aber das siehst du natürlich nicht, du ...“ Sie brach zornig ab und schnaubte wie ein beunruhigtes Pferd. Dann rannte sie die Treppen hinauf in die Berghalle.

„Du hast wirklich eine Gabe, dir Freunde zu machen“, raunte Wyth in seiner Schalhängematte.

„Immer schon“, seufzte Ayra, die ihre Worte schon wieder bedauerte. Natürlich war das ihre Meinung. Und sie war ziemlich sicher, dass sie sich gut mit der Wahrheit vertrug. Aber was sprach dagegen, seine Meinung auch für sich zu behalten?

Auf einmal hatte sie es gar nicht mehr eilig, in die Halle zu kommen.

Doch wie so oft, ließ sich dem Unangenehmen nicht entgehen, und so ging Ayra etwas später, nachdem sie sich gründlich gereinigt und umgezogen hatte, mit pochendem Herzen in die Halle, wo die anderen Maiden gewiss schon alle warten würden.

„Wenn man dich fragt, ob du den Weg nicht gefunden hast, stimmt es vermutlich sogar“, begrüßte sie Skada, sobald sie die Tafel erreicht hatten. „Du hast uns ja schon am ersten Abend warten lassen. Liegt das daran, dass du blind bist oder ist einfach nur ein Zeichen deiner Geringschätzung?“

„Eins muss man Skada lassen. Sie hat ist wahrhaft begnadet darin, andere Menschen in eine Zwickmühle zu schubsen." Wyth konnte die erste Maid inzwischen vermutlich auch nicht mehr leiden.

„Weder noch", antwortete Ayra bedächtig, und prüfte dabei noch einmal jedes Wort. „Ich versuche eben, die Dinge gründlich zu machen. Wenn man so wie ich Zeit nicht im Stundenglas verrinnen sehen, sondern nur spüren kann, dann nimmt man sie vielleicht anders wahr. Würdest du dich fragen, *wann* etwas geschieht, wenn du den rechten Zeitpunkt dafür fühlst?"

„Und du meinst, jetzt als allerletzte, sei der rechte Zeitpunkt für das Erscheinen der Dunkelmaid?"

„Die Letzte ist immer noch besser als das Letzte!", schnaubte Wyth und beinahe hätte Ayra höchst unpassend gekichert.

„Mitnichten, denn wenn ich nicht irre, ist der Bergfürst samt seinem Besuch noch nicht hier und so habe ich doch keine Verzögerung verursacht."

„Du hast nur Glück, dass er sich verspätet!" Skada brachte es einfach nicht über sich, ihr Recht zu geben.

Ayra beließ es dabei und setzte sich neben Salea an die Tafel.

„Es ist kein gutes Zeichen, dass Hyll nicht kommt“, bemerkte ihre Freundin, ohne den Kopf in ihre Richtung zu drehen. „Er ist ans Nachttor gegangen, um zu sehen, wo dein Prinz bleibt.“

„Warten wir ab“, sagte Ayra. „Ich habe mit Pani gesprochen, der mir sagte, Milan selbst würde sich melden. Dass er noch nicht erschienen ist, macht mir Sorge, denn dann muss ihm doch etwas passiert sein.“

Dabei quälte Ayra mehr noch als alles andere, der Umstand, dass sie ihn selbst nicht suchen konnte.

Salea hingegen war ungerührt. „Oder er hat es sich, wie Skada sagt, anders überlegt.“

„Glaubst du das?“, fragte Ayra, die das gerade erst für sich ausgeschlossen hatte. Malin war schließlich nicht so.

Dem Rascheln nach schüttelte Salea erst den Kopf, bevor sie kaum vernehmbar „Nein“ murmelte.

Es kam Bewegung in den Saal.

„Der Bergfürst kommt“, sagte Ayra, ohne aufzusehen. „Allein.“

„Wie kannst du das sofort sagen?“, fragte Salea.

„Ich höre Schritte. Oben an der Treppe.“

„Aber du kannst doch unmöglich hören, ob da einer oder zwei laufen. Nicht mal mit deinem Zauberschnalzen, das du gerade ja noch nicht einmal gemacht hast."

„Nein. Aber ich höre Hylls Schritte. Und so, wie er die Stufen nach unten stapft, ist er übel gelaunt. Das wäre er nicht, wenn er Begleitung hätte." Ayra rang sich ein Lächeln ab. „Es hat nichts mit Magie zu tun, Salea. Gar nichts. Denken genügt."

„Auch wenn das so manchem wie Zauberei erscheint", nuschelte es aus ihrem Schal. „Menschen bemühen so gern Magie für alles, was ihnen unvertraut ist."

„Ayra!", rief da auch schon der Bergfürst, kaum dass er seinen Thron erreicht hatte.

„Tritt vor, meine Maid!"

Ayra unterdrückte ein Seufzen, als sie ihren Stuhl zurückschob und aufstand. Sie musste selbst nichts sehen, um zu wissen, dass aller Augen auf sie gerichtet waren, als sie langsam nach vorne zu Hyll ging, wo Skada neben ihm saß und gewiss triumphierend grinste.

Es war überaus bedauerlich, dass sie noch kein Mittel gefunden hatte, Minen anders als mit den Fingerspitzen zu erkunden. Dabei schienen Menschen so viele

Gefühle im Gesicht zu tragen. Allein, wie viele Wortbilder die Sprache kannte.

„Ayra, wir sind verflucht, im Berg zu leben, in dieser ungeschlachten Gestalt, die nur unter Schmerzen und nur nachts die Welt bereisen kann. In jedem Jahr bedarf es einer neuen Maid, um zu verhindern, dass es noch schlimmer wird. Rein wie Quellwasser, anmutig wie ein Sonnenstrahl."

Gehorsam verneigte sich Ayra vor dem Podest, auf dem der Thron stand.

„Doch der Fluch kann nur beendet werden, wenn drei Aufgaben bestanden werden. Und ein Versuch muss in jedem Jahr vernommen werden. In jedem Jahr haben sich Prinzen gefunden, die sich dieser Aufgabe stellten. Immerhin war der Preis eine schöne Maid von edlem Blut und mit beachtlicher Aussteuer, die ich ihr stelle."

„Bis wir in diesem Jahr einen Krüppel bekamen und keinen Prinzen", bemerkte Skada kühl.

„Wie gut, dass wir schon verflucht sind, denn spätestens jetzt wären wir es."

„Was passiert denn, wenn sich niemand den Aufgaben stellt?"

„Das werden wir nicht erfahren", sagte Ayra und straffte sich. „Denn wenn sich mein Prinz verspätet, gehe ich eben selbst. Ich sagte doch, dass Zeit, die man nicht sieht, sich im rechten Augenblick offenbart."

„Das ist unerhört …!", schnappte Skada. „Und noch nie auch nur gedacht!"

„Und doch ist es nicht verboten." Ayra lächelte in die Richtung der ersten Maid. „Ich will es versuchen, und so es mir gelingt, bin ich frei, zu gehen!"

„Dir ist bewusst, meine Maid", setzte Hyll nachdenklich an, „dass du scheiternd aus dem Dunkelschacht nicht zurückkehren wirst?"

„Sehr wohl, doch ohne Prinz muss eben ein anderer gehen."

„Solche Tapferkeit in dieser Anmut, solch Ehr- und Pflichtgefühl. Mir bräche das Herz, wenn ich noch eines hätte, wenn dir etwas geschieht. Du hast mir gut gedient bisher und deinen Schutz will ich nicht mehr missen."

„Dann werdet Ihr sie in den Dunkelschacht begleiten müssen, mein Fürst", sagte Skada sehr beherrscht. „Es ist bedauerlich, dass der Anmut zwar der Mut innewohnt, nicht aber die Weisheit, seine eigenen Grenzen erkennen zu können."

„Lasst uns nach einer besseren Lösung suchen!“, rief der Bergfürst zornig und wieder einmal brach sich der Hall seiner Stimme an den Wänden.

Ayra verneigte sich und setzte dann doch zu Widerspruch an:

„Aber Fürst, haben wir dafür noch genug Zeit?“

Kristallkampf

Ayra überprüfte ruhig ihren Bogen. Ihre Prüfung bestand darin, Schacht-Olme zu jagen, die immer wieder Hylls Kristallfelder beschädigten. Es war die erste von insgesamt drei Aufgaben, denen sich die Prinzen zu stellen hatten. Wer alle drei bestand, durfte den Berg mit seiner Maid verlassen. Doch das schien noch nie gelungen zu sein.

Sie hatte mit Hyll schon zweimal die Höhle mit den Kristallen besichtigt, nachdem die Schacht-Olme dort gewesen waren. Ungefähr schweinsgroße Wesen, die sich mit erstaunlicher Geschwindigkeit auf einer Schleimspur gleitend fortbewegten. Nicht anders als Schnecken, aber ungefähr zehnmal so schnell. Sie verspritzten eine scharfriechende, höllisch brennende Flüssigkeit, die eine der Maiden an Armen und Beinen fürchterlich entstellt hatte. Soleas Beschreibungen waren sehr anschaulich gewesen. Manchmal war es beinahe ein Vorteil, gewisse Dinge nicht zu sehen.

„Wie willst du die Olme fangen?“, fragte Wyth, der heute auf dem Gurt ihres Köchers saß.

„Ich erschieße sie. Was meinst du, warum ich den Bogen spanne?“

„Du siehst sie doch nicht?“

Ayra, die diesen Einwand schon oft gehört hatte, lachte. „Hast du noch nie den Gauklern zugesehen? Die werfen auch mit verbundenen Augen Dolche auf bewegte Ziele. Und Elfen lernen so den Umgang mit dem Bogen.“

„Na, wenn das keine Legende ist!“

„Ich höre sie, ich rieche sie, ich berechne ihren Weg und erschieße sie.“ Ayra kontrollierte ihre Pfeile. „Gehen wir.“

„Fast!“ Wyth kicherte. „Du gehst und ich lass mich tragen.“

Ayra straffte sich und stieg langsam die Treppe nach oben in die Berghalle. „Ich bin bereit.“

Applaus umfing sie, der in rhythmisches Klatschen überging, dem Skada den Takt vorgab.

„Das ist unsere Art, den Prinzen Mut zuzusprechen. Das wollen wir der Dunkelmaid nicht vorenthalten“, rief sie mit vor Freude vibrierender Stimme.

Höflich verneigte sich Ayra. Ob Skada wusste, wie schwer sie es ihr damit machte, sich inmitten dieses Lärms zu orientieren? Sie konnte mit Schnalzen ihren Weg nicht orten und gespannt war ihr Bogen auch keine gute Tasthilfe.

„Wyth, ich brauche dich“, presste sie zwischen ihren nur halbgeöffneten Lippen hervor. „Dich und deine Augen. Weise mir den Weg zu den Kristallfeldern.“

„Aber die hast du doch schon in deine Welt aufgenommen?“ Die Spinne klang besorgt.

„Aber nicht gut genug, um von hieraus ganz ohne Hilfe würdevoll hinzufinden.“

„Dann geh geradeaus“, sagte Wyth. „Jetzt verneige dich vor Hyll und Skada. Das wird ihnen gefallen.“

Wyth wartete, bis Ayra sich wieder aufrichtete.

Das Klatschen wurde lauter, rhythmischer. Es ging ihr doch Mark und Bein, setzte sich in ihrem Magen fest und vibrierte dort wie ein Trommelfell.

„Und jetzt dreh dich nach links und geh zwischen Hylls Podest und dem vordersten Tisch vorbei zum unteren Gang.“ Wyth war kaum zu hören.

„Spendet Ayra Mut!“, befahl Skada und steigerte so den Lärm noch weiter.

„Pass auf!“, rief Wyth, doch es war zu spät. Ayra spürte unter ihrem Fuß etwas Glitschiges, rutschte aus, geriet in Rückenlage und stürzte.

Immerhin hörte daraufhin das unerträgliche Klatschen auf.

„Oh je!“ Skadas Stimme troff vor geheucheltem Bedauern. „Da ist mir die Melonenschale heruntergefallen. Wie ungeschickt! Aber mach dir keine Vorwürfe, wir wissen ja, dass nicht etwa *du* ungeschickt bist. Du konntest ja nicht sehen, was vor dir liegt. Es ist ganz allein meine Schuld.“

Ayra stand auf, richtete ihren Köcher und zuckte die Schultern. „Es ist ja nichts passiert.“

Ohne sich noch einmal umzusehen, ging sie in die von Wyth gewiesene Richtung, fand den Gang und stieg langsam die Treppen in die Tiefe. Vierundzwanzig, wenn sie sich recht erinnerte.

„Wyth?“, fragte sie leise, als sie die leicht feucht-modrige Kühle umfing, die im Gang auf sie gewartet zu haben schien. „Bist du da?“

Aber von der Spinne war keine Spur.

Ayra hoffte, dass ihr Freund sich hatte retten können, ging aber weiter.

Allein in den Gängen fand sie sich mit Bogen und Echo gut zurecht und erreichte die Kristallfelder, wo sie auf dem Platz in der Mitte, von dem aus Hyll seine Schätze zu betrachten pflegte, Position bezog. Hier würde sie die Olme kommen hören. Hier konnte sie sich verbergen, bis sie nah genug für einen Schuss waren. Skada war in ihr schrilles Lachen ausgebrochen, als Ayra die Aufgabe gleichmütig akzeptiert hatte. Doch die erste Maid wusste eben nichts von der Jagd.

Ein schlechter Jäger jagt, pflegte Milan immer zu sagen und dabei auf diese Weise zu lächeln, die auch ein blindes Mädchen spüren konnte, *ein guter Jäger wartet*. Und Ayra wollte ein guter Jäger sein. Schon, damit Milan beeindruckt war.

So überrascht sie gewesen war, dass der Erbe des Grafen selbst sich gemeldet hatte, so groß war nun die Sorge, was ihn aufgehalten haben könnte.

Ayra streckte ihre Beine und gähnte. Es war sinnlos, sich Sorgen zu machen. Also fasste sie sich ein Herz und widmete sich der vor ihr liegenden Aufgabe.

Sie ließ sich Zeit, schnalzte leise immer wieder, bis sie schließlich ein einigermaßen zuverlässiges Schemenbild von den Kristallfeldern vor sich hatte.

Und plötzlich verschob sich etwas im hinteren Teil des Raums.

Ayra setzte sich auf und sog tief die Luft durch die Nase. Da war er, dieser Olmgeruch. Sie schnalzte einmal, lauschte und unterdrückte ein Seufzen. Es waren drei dieser Viecher, das war nicht gut, denn damit musste sie sehr schnell sein, wenn sie einen Gegenangriff vermeiden wollte. Wer nicht sah, wann und aus welcher Richtung Gift gespien wird, war in solchen Situationen unleugbar im Nachteil.

Langsam stand sie auf, zog vier Pfeile aus dem Köcher und lehnte sie gegen die Umrandung des Podestes.

Ein leises Zischen verriet die genaue Position des vordersten Olms. Ayra nahm den ersten Pfeil, legte ihn auf die Sehne und spannte den Bogen. Sie wartete, bis ein leises Schaben verriet, wo die beiden anderen Olme gerade damit begannen, die frisch gezogenen Kristalle bis auf den Fels abzunagen.

„Hey!“, rief Ayra, wartete auf das gereizte Zischen und schoss direkt auf den Ursprung des Geräuschs!

Im nächsten Augenblick griff sie schon nach dem nächsten Pfeil und zielte ohne Zögern auf den zweiten

Olm, der gerade mit einem seltsamen Pfeifen auf seinen toten Genossen reagierte.

Der Pfeil schlug mit einem dumpfen Geräusch im Körper des zweiten Olms ein und Ayra bückte sich gerade nach dem nächsten Pfeil, als sie ein Schlürfen hörte. Das rettete ihr das Leben, denn so schlug der Giftstrahl, den der dritte Olm auf sie gerichtet hatte, nicht auf, sondern hinter ihr ein.

Der Gestank war atemberaubend und so scharf, dass sie beim Husten meinte, ihr Hals würde verbrennen.

Sie unterdrückte ihr Keuchen, spannte den Bogen ein drittes Mal und schoss in die Richtung, in der sie das Biest vermutete. Scheppern von Metall auf Stein verriet, dass sie sich in der Position geirrt hatte.

Sie schluckte unter Schmerzen, zwang sich, innezuhalten und zu lauschen. Ein Olm bewegt sich beinahe lautlos auf seiner Schleimspur. Zu leise, um sich im Dunkeln zu verraten.

Ayra schnalzte zweimal, fand aber das Vieh nicht.

Verdammt!

Notgedrungen verharrte sie in ihrer Position mit gespanntem Bogen und wartete.

Und wartete.

Da! Direkt vor ihr wieder dieses Schlürfen, so als würde Flüssigkeit zwischen Zähnen hindurchgezogen werden.

Ayra schoss sofort und direkt dorthin, wo sie das Geräusch bemerkt hatte.

Ein dumpfes Aufschlagen, gefolgt von einem schrillen Schrei, der durch die Halle, geisterte, sich an den Wänden brach und in ein erneutes Schlürfen mündete.

Doch Ayra hatte den nächsten Pfeil bereits auf der Sehne. Die vielen Stunden, die sie mit Milan, Pani und den anderen an den Zielscheiben geübt hatte, retteten ihr nun das Leben, denn so gelang es ihr, selbst mit zitternden Fingern die Handgriffe auszuüben, derer es bedurfte, einen Pfeil in sein Ziel zu schicken.

Dieses Mal traf sie besser.

Erleichtert sank sie zu Boden. Es war das eine, auf Strohballen zu schießen. Oder auf Wurfscheiben. Aber auf Leben und Tod zu kämpfen, etwas ganz anderes.

Sie wartete, bis sich ihr Atem wieder beruhigte. Es war schön, zu leben. Das war das Gute an diesem Moment. Man lebte, um sich daran zu erfreuen. Ob sie ihr Leben je wieder so selbstverständlich finden würde, das Lebendigsein so alltäglich?

Sie überprüfte ihre Ausrüstung und wandte sich dann stöhnend zum Ausgang, um zurück in die Berghalle zu gehen.

Die erste Prüfung hatte sie überstanden. Unwillkürlich fragte sie sich, was als nächstes kommen würde.

Erstaunlicherweise fürchtete sie sich mehr vor dem Zwischenspiel mit Skada als vor der zweiten ihrer Aufgaben.

Mittelmasse

„Schon zurück?"

Skada versuchte gar nicht erst, ihre schlechte Laune zu verbergen, als Ayra in die Halle kam, in der die Maiden dem Geruch nach Wolle zu urteilen, damit beschäftigt waren, die Stoffe zu sortieren, die tags zuvor ein Händler gegen Kristalle getauscht hatte.

„Das klingt, als hättest du mich vermisst", erwiderte Ayra leichthin.

„Es ist nur erstaunlich, wie schnell du den Weg zurückgefunden hast. Waren endlich einmal keine Schachtolme in den Feldern?"

Ayra zuckte die Schultern. „Jetzt nicht mehr. Ich bemühe mich seit jeher, meine Arbeit ohne Zögern und Trödeln auszuüben."

Das entlockte Skada, die zu Ayra herüberkam, ein übertriebenes Lachen.

„Meine Dunkelmaid ist schon zurück?", ließ sich in diesem Augenblick auch Hyll vernehmen, der mit schweren Schritten aus dem Gang kam, der die Halle mit seinen persönlichen Gemächern verband. Jenen, zu denen niemand außer dem Bergfürst selbst Zutritt hatte.

„Fürst, ich hatte Glück. Die Schacht-Olme kamen, kaum dass ich selbst die Felder erreichte, und es gelang mir, alle drei zu erlegen."

Ein Raunen ging durch die Halle, vereinzelt wurde geklatscht, zögernd erst, dann fielen weitere ein, bis der Applaus plötzlich wieder verebbte. Offenbar hatte Hyll mit einer Geste um Ruhe gebeten.

„Wie ist dir das gelungen? Noch dazu, ganz ohne Verletzungen?"

Ayra verneigte sich höflich. „Ich hatte Glück. Eine dieser Kreaturen hätte mich beinahe mit ihrem giftigen Geifer getroffen. Doch ich stolperte und blieb unverletzt."

Das entlockte Skada ein verächtliches Schnauben. „Das Glück ist mit den Dummen", presste sie hervor, aber so leise, dass es wohl niemand außer Ayra hörte.

„Ich sehe, dass ein mutiges Herz das Wichtigste ist", sagte Hyll von dieser Bemerkung ungerührt. In seiner Stimme lag ein seltsamer Ton von Begehren und Trauer, den sich Ayra gar nicht erklären konnte. Er hatte sie doch losgeschickt, die Olme zu erlegen. Warum freute er sich dann nicht?

„Meine zweite Aufgabe, die ich eigentlich deinem Prinzen auferlegen wollte, ist ganz anderer Natur und ich bin unentschlossen, ob du überhaupt in der Lage bist, sie zu erfüllen."

„Es ist gefährlich, die Aufgaben zu wechseln", gab Skada zu bedenken. Unweigerlich fragte sich Ayra, woher die Sorge in der Stimme der ersten Maid stammte. Ob sie sich vor schlimmen Folgen des Fluchs fürchtete, oder sich des Triumphs beraubt sah, Ayra scheitern zu sehen.

„Ich habe versprochen, die Aufgaben des Prinzen selbst zu erfüllen", sagte Ayra ruhig. „Ich wurde zur Selbständigkeit erzogen, frei und ungebunden, aber der Pflicht verschworen, meinen Teil zum Gemeinwohl beizusteuern. So gut ich es eben vermag."

„Was für stolze Worte." Hyll lächelte. Ayra erkannte das, weil er dabei immer unwillkürlich Luft durch die Nase ausstieß, was sich in einem deutlich vernehmbaren Schnauben äußerte, wenn man darauf achtete.

„Und wie schön wäre es, wenn man sich auf sie verlassen könnte", fiel sogleich Skada ein. „Doch was vermag ein Krüppel schon zu leisten, der gar nicht sieht, was wir brauchen?“

Ayra versuchte, sich nicht anmerken zu lassen, wie sehr sie solche Worte verletzten. Sie versuchte jeden Augenblick, den sie unter Menschen verbrachte, sich mit ihren Mitteln in der Augenwelt zurechtzufinden, sich anzupassen und mitzuleben. Doch es war sinnlos, darüber mit Skada zu streiten, also straffte sie sich und wandte sich der ersten Maid zu:

„Lassen wir es uns herausfinden, was ein Krüppel wie ich vermag.“

Sie drehte sich ein wenig, um sich an Hyll zu wenden: „Wie lautet die zweite Aufgabe?“

„Reise nach Tolado. liefere in meinem Auftrag Edelsteine an den Händler Thogan und bringe Wein zurück!“

Ayra nickte. „Wie soll ich den Wein transportieren?“, fragte sie. „Wenn ich ihn zurücktragen soll, werde ich Euren Durst nicht löschen können.“

Hyll lachte schallend. „Bei Thogan wartet ein Fuhrwerk auf dich, dass du zurückfahren sollst.“

„Woher wollt Ihr wissen, dass Ayra zurückkehrt?“, gab Skada zu bedenken.

Hyll reagierte mit einem dumpfen Grollen. „Warst du nicht gerade noch darauf bedacht, dass sie die Aufgabe so erfüllt, wie sie dem Prinzen zugedacht war? Warum soll ich ihr misstrauen, wo sie doch freiwillig an meinen Hof gekommen ist und mich willig in die Nacht und wieder zurückbegleitet hat?“ Er machte eine bedeutungsvolle Pause. „Oder fürchtest du, sie könnte vor deiner spitzen Zunge fliehen?“

Skada schnappte hörbar nach Luft und wich tatsächlich einen Schritt zurück. Irgendwo hinter Ayra lachte jemand unterdrückt. Roza vielleicht?

„Ich will sogleich aufbrechen“, sagte Ayra und verneigte sich höflich, bevor sie in ihre Kammer eilte, um zu packen.

Dort angekommen, setzte sie sich erst einmal auf ihr Bett und atmete tief durch.

Ehrlich gesagt hatte Ayra keine Ahnung, wie sie ganz allein über den Danu-Pass und an den dort lauernden Räubern vorbei nach Tolado kommen sollte. Und dann mit wertvoller Fracht wieder zurück. Es war fraglos eine auch für einen kriegerischen Prinzen anspruchsvolle Aufgabe. Aber irgendwie würde es schon zu schaffen sein.

Milan hatte einmal, als er bei einem Turnier gegen den Favoriten des Kaisers unterlegen war, gesagt, die größten Steine lege man sich mit seinen eigenen Zweifeln in den Weg. Er war auf sich wütend gewesen, weil er vor lauter Respekt vor der vermeintlichen Überlegenheit des anderen gezögert hatte und diesem so erst die Möglichkeit gab, ihn zu besiegen.

„Was sitzt du hier herum und starrst die Wand an, die du ohnehin nicht siehst?", ließ sich Wyth von seinem Schlafnetz aus vernehmen.

„Wo warst du denn?", fragte Ayra. „Ich hatte schon Angst, dir sei vorhin, als ich über Skadas Müll gestolpert bin, etwas zugestoßen."

„Spinnen sind zäh." Wyth kicherte leise. „Du übrigens auch. Dass du die Schacht-Olme tatsächlich erlegst und nicht nur verjagst, hätte niemand von dir erwartet."

„Danke!", schnaubte Ayra. „Erzähl du mir bitte nicht auch noch, dass ich gar nicht können darf, was ich können kann."

„Es hat nicht nur Nachteile, unterschätzt zu werden", gab Wyth zu bedenken und krabbelte auf ihre Hand. „Du hast so immer die Überraschung als Verbündeten."

„Vermutlich!“ Ayra stand auf, setzte die Spinne auf dem Nachttisch ab und begann, ihre Sachen aus der Truhe zu holen.

„Was wird das?“

„Ich packe. Die zweite Aufgabe führt mich nach Tolado.

„Sollst wohl Wein von Thogan holen, oder?“

„Ja“, seufzte Ayra. „Das wird für mich knifflig.“

„Aber warum denn?“ Wyth klang aufrichtig erstaunt. „Wer diese Gruben-Olme im Vorbeigehen besiegt, den wird doch so ein Ausflug über den Berg nicht schrecken?“

„Doch, wenn er nichts sieht, schon.“

„Aber du siehst doch!“ Ein verletzter Unterton schlich sich in Wyths Stimme. „Du hast doch mich. Solange du hören kannst, kannst du durch mich auch sehen.“

Ayra lächelte, während sie ihre Tasche schulterte. „Weißt du, was wirklich blöd ist?“, fragte sie.

„Noch nicht.“

„Dass man Spinnen nicht knuddeln kann.“

In der Berghalle wartete Salea bereits auf sie.

„Das hier soll ich dir von Hyll geben“, sagte sie, kaum dass Ayra aus dem Gang getreten war. Sie reichte ihr ein Päckchen, das Ayra in ihre Tasche steckte. „Das sind die Kristalle für den Händler." Dann gab sie ihr noch einen Umschlag und eine Münze, die an einem Band baumelte. „In dem Umschlag sind Schreiben für die Weghäuser und eine Karte. Skada meinte, die kannst du nicht brauchen, aber ich sagte, es schadet ja nicht, sie dir mitzugeben. Notfalls kannst du unterwegs fragen, oder?"

Ayra nickte.

„Ich bewundere das, wie du dir immer zu helfen weißt. Ich bin ja schon sehend mit all dem hier völlig überfordert und es wird täglich schlimmer." Sie hustete kläglich, als sie neben Ayra her durch die Halle zu der Treppe ging, die sie zum Nachttor brachte. „Und auf den Stufen schmerzen meine Knie."

„Ich verstehe nicht, warum ihr so schnell altert", sagte Ayra nachdenklich.

„Das ist vermutlich Teil des Fluchs. Alle, außer Skada werden hier grau, gebeugt und runzlig. Wobei ich das beim Bergfürst nicht sagen kann, seine Gestalt ist … alterslos."

Langsam stiegen sie die Treppe nach oben. Ayra wäre allein schneller gewesen, doch sie schätzte Saleas Geste.

„Ich komme zurück und breche den Fluch, Salea. Versprochen!"

Am Nachttor wollte Ayra nach der Hand ihrer Freundin greifen, doch die umarmte sie herzlich. Eine Geste, die Ayra erst zeigte, wie verzweifelt die immer fröhliche Salea hinter der strahlenden Fassade doch war. „Tu das nicht!", flüsterte sie ihr ins Ohr. „Geh da raus, suche Milan und bring dich in Sicherheit."

Dann drehte sie sich um und im nächsten Augenblick war Ayra bis auf die Echos sich schnell entfernender Schritte allein.

„Was ist das für eine Münze, die Salea dir gegeben hat?", fragte Wyth, während sie darauf warteten, dass das Tor sich öffnete und sie in die kalte, klare Nacht entließ.

„Ein Gastpfand." Ayra zog die Münze an ihrem Band aus der Tasche und tastete über die Prägung. „Das sind spezielle Münzen, die sich Menschen schenken, um einander an einmal gewährte Gastfreundschaft zu erinnern. Sie verkörpern wie eine Art Schuldschein den Anspruch auf einen Gegendienst für sich selbst oder denjenigen, dem man die Münze gibt."

„Und wenn man mit der Münze herumwedelt, hat man Anspruch auf Brot und Obdach?", fragte Wyth skeptisch. „Da würde ich fremden Leuten nicht trauen. Wie gut, dass wir Spinnen uns jederzeit ein Zuhause weben können."

„Ich denke schon, dass man auf sich auf diesen Brauch verlassen kann. Immerhin steht er unter dem Schutz der Göttin Heria, die der Legende nach von einem Bauern so freundliche Aufnahme fand, dass sie sich erkenntlich zeigen wollte und ihm eine Münze gab, gegen deren Vorlage er in all ihren Tempeln willkommen geheißen werden sollte. Und so machen es seither alle mit solchen Münzen."

„Und da gab es noch nie Ärger?"

Ayra zuckte die Schultern. „Als ein Priester Jahre später das Gastrecht verweigerte, erschien die Göttin selbst. Es handelt sich um den wohl einzigen bekundeten Fall, in dem die sonst stets sanfte Heria wirklich ernsthaft erbost war. Seitdem gilt die aus einem Gastpfand erwachsende Verpflichtung als heilig und Missbrauch wird streng bestraft."

„Und wenn das so ist", fragte Wyth weiter, „dann erklär mir bitte, warum wir in der Nacht loseilen, statt tags zu reisen und nachts mit dieser Münze bequem in Betten zu schlafen?"

„Weil, mein spinnender Freund, du doch gerade erst verkündet hast, dass du dir jederzeit und überall ein Obdach weben kannst, und für mich Tag und Nacht keinen Unterschied machen. Ich will keine Zeit verlieren und daher spricht nichts dagegen, gleich loszuziehen."

„Vor allem, wenn man so Skadas schlechter Laune entkommt!"

Ayra lachte. „Ja, das auch!"

Tatsächlich war der Weg nach Tolado weit weniger schwierig und geheimnisvoll als Ayra das vermutet hatte. Wyth hatte sie sicher vom Nachttor den Pfad hinunter zur Silberstraße geleitet, jener großen Kaiserstraße, über die seit undenklichen Zeiten die Händlerkarawanen von der Ostküste ins Landesinnere zogen.

Ayra war beruhigt. Bis hierher kannte sie den Weg, hatte jeden Schritt in ihre Welt eingefügt und mit regelmäßigem Schnalzen kontrolliert. Ihre Welt bestand aus Echos und Räumen, aus Gerüchen und den Dingen, die sie spüren konnte.

Im nächsten Dorf unterhielt ein dem Bergfürst verbundener Händler einen Stall mit Mietpferden, wo sie unter Vorlage ihres Gastpfands einen freundlichen Wallach bekam, der sie mit wachem Auge nach Tolado tragen würde.

„Ich bin fasziniert, dass du reiten kannst“, sagte der Händler, als er Ayra die Zügel in die Hand drückte.

Ayra drehte sich nach ihm um. „Warum erstaunt dich das?“, fragte sie. „Ist mein Gleichgewichtssinn schlechter? Sind meine Beine schwächer?“

Sie strich vorsichtig über die Nase des Pferdes, kontrollierte das Zaumzeug, kraulte seinen Schopf und streichelte dann langsam über seinen Hals, die Schulter und den Rücken.

Dann überprüfte sie den Sattel und seinen Gurt, zog ihn noch einmal fest, setzte einen Fuß in den Bügel und schwang sich in den Sattel.

„Ich bringe dir dein Pferd in drei Tagen zurück“, versprach sie und trieb das Tier an dem Händler vorbei zum Tor des Mietstalls.

Dann hielt sie nochmals an und drehte sich im Sattel um. „Eine Frage habe ich aber noch. Welche Farbe hat dein Pferd?“

„Senno ist ein Fuchs“, stammelte der Händler verwirrt.

„Und was ist das für eine Farbe?“

„Äh …“ Erst als Ayra schon Senno wenden und auf die Straße lenken wollte, setzte der Mann zu einer Antwort an. „Ein Fuchs ist ein Pferd, dessen Fell und Mähne dieselbe Farbe haben. Senno ist ein wunderschönes Tier. Rot wie geschlagenes Kupfer, das in der Sonne schimmert. Zwischen seinen Nüstern hat er einen weißen Fleck und sein rechter Vorderfuß sieht aus, als sei er in Milch getreten.“

„Von Milch und Kupfer habe ich eine Vorstellung“, erwiderte Ayra lächelnd. „Danke für die schöne Beschreibung. Ich will gut auf Senno aufpassen.“

„Und er auf dich“, erwiderte der Händler, der nun seine Scheu überwand. „Er ist ein kluges Pferd, das seinen eigenen Kopf hat, und auf sich und seine Reiter aufpasst. Er ist alt, aber eben auch erfahren. Meine Kinder haben auf ihm reiten gelernt.“

„Das ist schön, denn gemeinsam werden wir gut nach Tolado kommen.“

Ayra war selbst erstaunt, wie sicher sie klang. Doch ihre Zweifel ließ sie sich nicht anmerken, sondern lenkte Senno auf die Straße und nach Süden, nach Tolado.

Sie kannte Sennos Schrittmaß nicht und wusste daher nicht, wo genau sie sich befanden, aber das war auch einerlei, denn sobald sie die Mauern dieses Dorfs hinter sich gelassen hatten, würde sie ohnehin ihre Welt verlassen und sich in Neuland vorwagen. Mit keiner anderen Hilfe als einer kleinen Spinne und einem alten Pferd.

Wenn das kein Abenteuer war! Sie spürte, wie ihr Herz bei dem Gedanken aufgeregt zu schlagen begann und warm und schnell das Blut durch ihre Adern jagte, doch sie bezwang ihre Zweifel und zupfte stattdessen an ihrem Schal.

„Du bist dran, Wyth", sagte sie. „Bis hierher wäre ich auch allein gekommen, ab jetzt brauche ich dich."

„Ich bin da", erklang es da auch schon neben ihrem Ohr. „Wir sind schon fast am Tor angekommen. Und dann geht es auf die Silberstraße. Da reiten wir einfach immer geradeaus bis nach Tolado, fragen uns zu Thogan durch, machen unseren Handel perfekt und fahren zurück."

„Wenn du das sagst, klingt es so einfach", lachte Ayra. „Wer sind all diese Menschen und Tiere vor uns?"

„Händler mit Pferden, einem Ochsenkarren und ein paar Bazardi mit diesen Buckeltieren."

„Buckeltiere?" Ayra witterte prüfend. „Du meinst Kamele."

„Große zottige Tiere mit einem Auswuchs auf dem Buckel, großen Füßen und einer ziemlich hochnäsigen Miene“

„Kamele“, bestätigte Ayra. „Wobei ich zur Miene nichts sagen kann.“ Sie schnalzte prüfend, legte dabei Senno beruhigend eine Hand auf den Hals, um zu signalisieren, dass sie ihn damit nicht antreiben wollte.

„Was sind das für Reiter dort drüben?“, fragte sie dann.

„Händler mit Pelzen. Sieht aus, als würde sie auch gleich aufbrechen. Sie sitzen gerade auf.“

„Dehl zum Gruße“, wandte sich Ayra an die Reiter vor ihr. „Darf ich mich euch anschließen?“

„Wer bist du denn?“

„Ich bin Ayra und reite im Auftrag des Bergfürsten nach Tolado. Allein ist das so beschwerlich wie eintönig.“

„Was heißt hier allein?“, murrte Wyth unweit ihres Ohrs.

„Meinetwegen. Wenn du mit dem Bogen an deinem Sattel umgehen kannst, sogar sehr gern. Die Straße ist nicht ungefährlich in diesen wendefreudigen Zeiten. Mein Name ist Kenan und das sind Ban und Gabalon. Herzlich willkommen.“

Er trat zu ihrem Pferd, als wollte er ihr die Hand reichen. Das war so Brauch und Sitte. Also hielt Ayra schnell über ihre Zügelhand hinweg die Rechte in seine Richtung, die Kenan tatsächlich ergriff.

Sein Händedruck war angenehm und verriet mit Schwielen und Knorpeln an den Fingern, dass er ein hartes Leben hinter sich hatte. Eines, das seiner Haut nach zu schließen, schon eine Weile dauerte.

Dann kamen auch die anderen beiden heran und stellten sich vor.

Ayra grüßte jeden einzelnen von ihnen und versuchte, sich den Klang ihrer Stimmen einzuprägen, den Klang ihrer knirschenden Lederrüstungen und ihres Geruchs.

Sie fühlte sich etwas überfordert. Am Berghof hatte sie auch so viele Menschen in so kurzer Zeit in ihre Welt einfügen müssen, doch da war es ruhiger gewesen, weniger laut und viel weniger bewegt. Hier aber war sie Teil einer brodelnden, ständig bewegten Masse, auf die zu achten unendlich viel schwerer war.

„Du verkrampfst dich", bemerkte Wyth. „Bleib locker. Ich bin da."

Ayra schluckte, nickte und lenkte Senno dann hinter das namenlose Pferd, das Kenan mit einem lauten „Hola" vor ihr auf die Straße lenkte.

Sie war sehr stolz, dass die Hand, mit der sie die Zügel hielt, fast gar nicht zitterte.

Danupass

Kenan und seine Freunde hatten es nicht eilig. Und so zuckelten sie gemütlich Richtung Süden, während die Sonne langsam höher stieg und Ayras Hand und Wangen wärmte. Das war nach der langen Zeit im Berg ein wunderbares Gefühl.

Die Landschaft veränderte sich. Sennos Hufschlag klang anders, denn ihr Weg wurde steiniger. Der Geruch des Staubs, den die Pferde aufwirbelten, roch nicht mehr nach fruchtbarer Erde, sondern nach Steinmehl. Manchmal trug der Wind das Salz des nahen Meeres heran, das irgendwo dort hinter den Bergrücken lag.

Wyth erzählte ihr unermüdlich von den anderen Reisenden auf der Straße und von der Landschaft, durch die sie zogen. Das war lustig, denn die Spinne sah viele Dinge ganz anders, als es ihr ein Mensch beschrieben hätte.

Sie war offenbar nicht die Einzige, die einen Schleier trug, denn Wyth erzählte von mehreren Frauen, die *vor ihren Augen feinst gewebte Netze* hatten. Auch die eitlen Thonosi wären gewiss empört gewesen, wenn sie gewusst hätten, dass sie in ihren auffällig gefärbten Roben für eine kleine Spinne wie *Männer, die sich in Tischdecken gewickelt haben,* wirkten.

Allmählich entspannte sich Ayra ein wenig. Es blieb aufregend, aber nicht mehr so bedrohlich. Sie verschob ein wenig den Gurt, in dem ihre Messer steckten, damit er nicht drückte, und streckte sich dann. Senno hob den Kopf, trottete aber gelassen weiter. Sie kraulte dem Wallach die Mähne. „Heute Abend gibt es einen Apfel", versprach sie ihm. Milan hatte ihr verraten, dass alle Pferde Äpfel liebten und nicht nur das Pony, auf dem sie Reiten gelernt hatte. Senno nickte zustimmend.

„An was hast du gedacht?", fragte Wyth. „An deinen Prinzen?"

„Wie kommst du darauf?"

„Weil du immer so dümmlich lächelst, wenn du an diesen Prinz Milan denkst."

Ayra schüttelte den Kopf. „Nur Milan. Eigentlich ist er kein Prinz. Nur ein Grafensohn. Aber ein sehr, sehr netter. Wenn ich nur wüsste, warum er nicht am Berghof erschienen ist …"

„Mit wem redest du eigentlich die ganze Zeit?", fragte in diesem Augenblick Kenan neugierig.

„Mit meinem Pferd. Das widerspricht wenigstens nicht."

Kenan lachte. „Und du bist also eine der Maiden des Bergfürsten?", fragte er.

„Ja. Die Maid dieses Jahres."

„Dann haben wir dir zu danken. Du opferst dich für den Fluch."

Ayra zuckte die Schultern. „Opfern ist ein großes Wort. Das Leben am Berghof ist nicht so schlecht. Der Bergfürst ist freundlich. Das Essen ist gut, die Betten weich und die Arbeit mehr als erträglich."

„Du klingst ja richtig begeistert", lachte Kenan. „Das Labyrinth der Prinzen muss grauenhaft sein. Voller grässlicher Kreaturen und tödlicher Gefahren. Ich möchte nicht in so einen Berg eingesperrt werden."

„Sehe ich eingesperrt aus?"

Kenan schwieg. Doch bevor Ayra fragen konnte, was los war, raunte ihr Wyth ganz leise ins Ohr: „Er hat den Kopf geschüttelt."

Das waren die Gelegenheiten, zu denen sie sich richtig ausgeschlossen und nicht nur fremd fühlte. Weil es Menschen so selbstverständlich war, sich mit Gesten zu verständigen. Sie reagierten unwillkürlich und ohne nachzudenken. Weil Menschen ganz Auge waren, vergaßen sie, was ihr so verborgen blieb. Mit Zwergen, die viel im Dunkeln der Stollen unterwegs waren, geschah das nicht so oft. Sie fühlte sich ausgeschlossen. Wobei sie Kenan nicht gesagt hatte, dass sie nichts sah. Ihm war also kein Vorwurf zu machen.

Schweigend ritten sie weiter. Die Sonne stieg höher und wieder tiefer, die Straße führte stetig bergauf und der Geruch des Staubs wurde immer steinhaltiger. Kenan hatte gesagt, sie würden unterhalb des Danupasses das Lager für die Nacht aufschlagen. Ganbalo kannte dort eine Stelle, wo ein Bach durch eine Senke floss und sie geschützt unter ein paar Bäumen rasten konnten.

„Findest du das nicht gefährlich, wenn du allein unter drei Männern schläfst?", fragte Ban unvermittelt hinter ihr. Eher neugierig als bedrohlich.

„Doch!" Ayra drehte sich im Sattel um und sah in die Richtung, aus der seine Stimme gekommen war. „Darum freute ich mich auch so, als Kenan mich einlud.

Nicht jeder ist so mutig, eine Fremde aufzunehmen. Und erst recht nicht, wenn sie im Auftrag des Bergfürsten reitet. Denn wer weiß schon, was ich aus dem Labyrinth an Schrecklichem mit mir führe?“

Ban schnaubte ungläubig und lenkte sein Pferd an ihr vorbei nach vorne zu Kenan, während Ayra sich zurücklehnte und ihr Gesicht von der Abendsonne wärmen ließ.

Kurz darauf verließen sie die Straße und folgten einem Pfad zu Ganbalos Senke.

„Du musst mir jetzt ganz genau sagen, wie das hier aussieht, Wyth“, raunte Ayra, als die Männer vor ihr anhielten. „Ich möchte nach Möglichkeit nicht offenbaren, dass ich mir Augen leihen muss.“

Senno schnaubte und wollte zu den anderen Pferden.

Ayra hakte ihren Bogen vom Sattel und stieg vorsichtig ab.

„Die Pferde stehen unter einem Laubbaum“, sagte Wyth. „Neben dir und Senno steht Bans Rappe, die beiden anderen führen ihre Tiere schon zum Bach, wo sie saufen können.“

„Wo kann ich den Sattel ablegen?“, fragte Ayra, während sie mit ihrem Bogen den Boden vor sich abtastete.

Sie schnalzte prüfend und erkannte, dass in der Senke drei Bäume standen. Sie fand den Bach und konnte riechen, dass unweit des Bachs eine erkaltete Feuerstelle sein musste, wo Reisende vor ihnen gelagert hatte. Dort wurde bereits gearbeitet. Irgendjemand zerbrach morsches Holz.

„Ganbalo richtet gerade Holz für ein Lagerfeuer", erklärte in dem Augenblick Wyth an ihrem Ohr.

„Was liegt hinter dem Feuer?", fragte Ayra, die sich den Schemen gerade nicht erklären konnte, der hinter dieser Stelle ein Echo warf.

„Ein alter Baumstamm." Wyth zögerte. „Wahrscheinlich wurde der beim Winterhochwasser hier angespült. Ban hat dort seine Satteltaschen hingeworfen."

Ayra nickte, löste Sennos Sattelgurt und trug dann ihren Sattel langsam zur Feuerstelle, wo sie ihn mit Wyths Hilfe an dem Baumstamm ablegte und ihre Gepäckrolle dazustellte.

Als sie zurück zu Senno gehen wollte, war das Pferd nicht mehr da.

Sie konnte ihn jedenfalls nicht mehr hören.

„Unser Pferd wollte nicht mehr warten", raunte Wyth amüsiert. „Senno ist schon zum Wasser gegangen."

„Magst du vielleicht deinen Gaul einfangen, bevor er hier alles niedertrampelt“, rief in dem Augenblick auch schon Kenan.

„Bin schon unterwegs“, rief Ayra schnell und wandte sich zur Tränkestelle. Mit dem Bogen ertastete sie Unebenheiten, Steine und Wurzeln unter zottigem Gras. Ein Boden, der zur Vorsicht mahnte.

Sie spürte, wie ihr der Schweiß ausbrach.

Diese Alltagssituationen hatte sie massiv unterschätzt. Sie war nie zuvor allein unterwegs gewesen. Und wenn überhaupt, dann nicht unter Fremden in der Fremde.

„Senno!“, rief sie laut. Und viel leiser: „Wyth! Wo ist das verdammte Pferd?“

„Vor dir leicht versetzt. An dem dicken Braunen von Gabalon vorbei. Senno frisst gerade das Grünzeug am Bachrand. Gras! Wie kann man Gras essen?“

„Sagt eine Spinne, die sich von Fliegen ernährt?“

„Fliegen sind köstlich“, erklärte Wyth. „Besser sind nur noch Dehlkäfer. Die Schale ist hart, aber wenn man die aufgehebelt hat ...“

„Es reicht!“, unterbrach Ayra weitere kulinarische Erklärungen, während sie sich vorsichtig an Gabalons Pferd entlang zum Wasser tastete. „Wo ist Senno?“

„Direkt vor dir."

Ayra wagte nicht zu schnalzen, um die Pferde nicht aufzuschrecken, für die dieser Ton die Aufforderung war, sich zu bewegen. Also wagte sie sich behutsam weiter voran, bis sie Senno zu fassen bekam. Sein Fell war dünner als das der anderen. Seidiger. Das Fell eines Pferdes, das nachts öfter im Stall als am Straßenrand stand. Der Wallach bemerkte sie, drehte sich nach ihr um und forderte mit Nasenstübern nach Leckereien. Als Ayra nichts außer Streicheleinheiten zu bieten hatte, schnaubte er frustriert.

„Jetzt sag mir bitte, wie ich zu der Stelle komme, wo wir die Pferde anbinden?", wandte sich Ayra an ihren Lotsen.

„Die sind unter der Weide, wo du abgestiegen bist."

Senno schien einen Plan zu haben, oder vielmehr Hunger. Jedenfalls zog er nun ungeduldig zu der Stelle, wo Kenan den Geräuschen nach gerade Hafer ausschüttete.

Ayra folgte ihm willig, knotete dann die Zügel an den Baum und hakte die Beißstange aus dem Zaumzeug, damit Senno in Ruhe fressen konnte.

„Was ist mit deinen Augen?", fragte Kenan, während sie nebeneinander zurück zu den anderen gingen.

„Wie meinst du das?“, entgegnete Ayra vorsichtig.

„Du bewegst dich seltsam. Du reagierst seltsam. Und du erinnerst mich an meine Großmutter, die so gut wie blind ist. Die bewegt sich genauso.“

Ayra seufzte. „Weil ich blind bin.

„Was?“

„Ja. Ich sehe nichts.“

„Ich meine …“

Sie spürte eine Bewegung vor ihrem Gesichtsfeld und packte Kenans Hand unmittelbar, bevor sie ihre Nase berührt hätte.

„Ich bin von Geburt an blind. Aber nicht blöd. Sehen wird überbewertet.“

„Magie …“ Zaghaft zog Kenan seine Hand zurück. „Das ist Magie!“

Ayra, die das nicht zum ersten Mal hörte, zuckte gleichmütig die Schultern. „Weiß ich nicht. Wenn du es so erklären willst, stört es mich nicht.“ Sie grinste. „Und jetzt habe ich Hunger.“

Sie konnte Kenans Verwunderung riechen, aber wusste nicht, was sie sagen sollte. Also sagte sie nichts.

„Wir haben Brot geröstet und die Pilze, die Ban gefunden hat, in einen Sud geworfen. Das wird köstlich!“, empfing sie Gabalon am Feuer. Seine Stimme vibrierte förmlich vor Stolz und Freude.

Ayra lächelte. „Danke! Darauf freue ich mich." Vorsichtig ging sie um das Feuer herum und setzte sich zu ihren Sachen.

„Nehmt ein bisschen Rücksicht", sagte Kenan, während er sich ihr gegenüber ans Feuer setzte. „Unsere Ayra hier ist blind wie ein Maulwurf."

„Aber wie ...?", setzte Ban an.

„So wie ihr, nur mit den Ohren, den Fingern und viel Aufmerksamkeit", erklärte Ayra barsch. „Ich will weder Mitleid noch Argwohn. Bitte. Als Maid des Bergfürsten weiß ich mich zu wehren, ihr habt einen ganzen Tag hindurch nichts bemerkt, also belasst es dabei."

Sie seufzte, sog dabei den Duft der Pilze ein und griff langsam nach der Schale, in der ihre Portion war.

„Gesegneten Appetit."

„Gesegneten Appetit", murmelten die anderen.

Sie aßen schweigend und während nach dem Essen Ban eine Flöte aus der Tasche zog und eine lustige Weise spielte, hüllte Ayra sich etwas abseits in ihre Decke.

Jetzt fühlte sie sich noch fremder.

„Du hättest es vielleicht doch früher ansprechen sollen, dass du anders bist“, raunte Wyth von seinem Platz am Baumstamm. „Jetzt sind sie misstrauisch und fühlen sich betrogen.“

„Dann hätten sie mich nicht mitgenommen.“

„Was zeigt, dass du sie wirklich betrogen hast.“

Ayra zog sich die Decke über den Kopf.

„Morgen kommen wir nach Tolado und dann sind sie mich los. Gute Nacht!“

Handelsbräuche

Am Morgen half Ayra Gabalon dabei, das Frühstück zuzubereiten und stellte dann, als sie zu den Pferden ging, erfreut fest, dass Ban bereits Senno für sie gesattelt hatte.

„Können wir dir sonst noch helfen?“, fragte der Händler besorgt, während sie ihren Bogen an den Sattel hakte, den Sattelgurt überprüfte und dann aufstieg.

Ayra schüttelte den Kopf. „Habt ihr schon. Und glaubt mir, ich kann gut mit euch mithalten, wenn ihr mich lasst.“

Den restlichen Weg nach Tolado, das sie gegen Mittag erreichen sollten, musste Ayra schier endlose Fragen über sich und ihr Leben im Schatten beantworten. Besonders faszinierte Kenan, wie sie sich mit dem Echo ihres Schnalzens ein Bild der Welt machen konnte.

Auch wenn Ayra die vielen Fragen anstrengten, bemühte sie sich, keine Antwort schuldig zu bleiben. Das Interesse war echt und so konnte sie vielleicht dazu beitragen, Verständnis zu säen, das andere ernten konnten. Sie lächelte. Das war ein schöner, ein verbindender Gedanke, der sie noch wärmte, als sie sich am Markt von Tolado von ihren drei Reisefreunden verabschieden wollte.

„Sollen wir dir noch den Weg zu Thogan zeigen?“, fragte Ban.

Ayra wollte schon den Kopf schütteln, besann sich dann aber eines Besseren und lächelte.

„Das wäre sehr nett“, sagte sie verlegen. Sie war so sehr daran gewohnt, stark und selbständig zu sein, dass es sich völlig falsch anfühlte, sich helfen zu lassen. Aber nicht unbedingt schlecht.

Ban ergriff Sennos Zügel und führte sie aus dem Lärm des Marktes, der wie ein dickes, unentwirrbares Geflecht über ihr lag, an dem Geschnatter des Geflügelstands vorbei in eine Straße, die unter dem Schatten von Bäumen hindurch in ein vornehmeres Viertel führte. Der Gestank ließ nach, das Straßenpflaster war gleichmäßiger und ebener.

Wyth hatte sich in die Falten ihres Schals verkrochen und schien zu schlafen. So jedenfalls deutete sie das Geräusch, das ab und an zwischen dem Lärm der Stadt zu ihr drang. Falls Spinnen schnarchten …

Ban lenkte Senno in einen Hof, der offenbar von gut drei Schritt hohen Mauern umgeben war, so wie der Lärm der Stadt hinter ihnen verschwand.

Ayra schnalzte prüfend und lauschte, auf Echos und Klangfänge.

Langgestreckte Schuppen standen in zwei Reihen auf der einen Seite des Hofs, Lagerhallen vermutlich. Auch an der anderen Seite befand sich ein großes Gebäude mit einem Anbau. Wohl ein Wohnhaus mit Kontoren.

Ayra stieg ab und umarmte Ban zum Abschied.

„Grüß mir die anderen“, rief sie ihm noch nach, während sich seine Schritte zum Tor entfernten.

„Bist du die Maid des Bergfürsten?“, fragte da auch schon eine Stimme in dem singenden Akzent, wie er in den südlichen Teilen des Städtebunds von Tolado gesprochen wurde.

„Ja. Ich bin Ayra, die Maid dieses Jahres“, antwortete sie und wandte sich dem Mann zu, der nun knapp vor ihr anhielt und sie offenbar musterte. „Warum fragt Ihr?“

„Weil ich dich schon erwartet habe. Üblicherweise holt ein Krieger meine Waren.“ Der Mann lachte. Sein Atem roch nach Tee und Tabak. Markant, aber nicht unangenehm. „Der Bergfürst will ja, dass sie heil ankommen.“

„Dann müsst Ihr Thogan sein.“ Ayra neigte höflich den Kopf und reichte Thogan das Gastpfand, das dieser entgegennahm, mit einem wehmütigen Seufzen prüfte und dann wieder zurückgab. „Du bist also die Gesandte des Bergfürsten. Doch bist du auch geschickt?“

„Sorgt euch nicht, ich bin durchaus wehrhaft.“

„Hyll erwähnte etwas in der Art. Aber Mädchen, so ein Räuber ist kein Schacht-Olm. Die sind im Zweifel deutlich schwerer zu bezwingen. Gerade, wenn man sie nicht sieht.“

„Oder leichter“, erwiderte Ayra fest und versuchte, sich nicht anmerken zu lassen, wie erstaunt sie war, so schnell durchschaut worden zu sein. „Denn anders als Schacht-Olme bewegen sich Räuber zumeist deutlich lauter und ihr Geruch ist leichter zu verorten.“

„Das mag sein und Hyll weiß eigentlich schon, was er tut. Mir wäre trotzdem wohler, wenn ich die Waren an einen erfahrenen Krieger statt an ein junges Mädchen geben würde.“ Er lachte. „Aber jetzt komm erst einmal ins Haus. Du wirst hungrig und durstig sein und wir haben ein paar Dinge zu besprechen.“

„Was ist mit Senno?“, fragte Ayra.

„Das ist dein Pferd?“ Thogan lachte. „Hari! Nimm der Maid ihr Ross ab. Versorg es gut mit Kleie und Hafer.“

Senno schnaubte zufrieden. Er schien unter diesen Umständen keine Eile zu haben.

„Und bekommt der wackere Lotse auch ein Häppchen?“, murrte es aus den Falten des Schals. „Wenigstens eine mickrige Mücke?“

„Ich tue mein Bestes“, murmelte Ayra, während sie Thogan über den Hof ins Haus folgte.

Erst etwas verspätet fragte sie sich, wie Thogan und Hyll so schnell Nachrichten austauschten. Sie hatte nirgends am Berghof Botenvögel gesehen und niemand sonst hätte schneller als sie nach Tolado kommen können.

Thogan führte sie direkt hinter der Eingangstür in ein rechts gelegenes Zimmer, dessen Holzvertäfelung wohl im Winter die Kälte draußen halten sollte und nun unter der deutlich riechbaren Farbschicht nur noch schwache Harzaromen aussandte.

Ein dicker Teppich dämpfte die Schritte, mit denen Thogan auf die Mitte des Raums zusteuerte, dann einen Bogen schlug und auf einem unter seinem Gewicht knirschenden Stuhl Platz nahm.

„Setz dich!“

Ayra nickte, folgte dem Weg, den Thogan eingeschlagen hatte, stieß prompt mit dem Stab gegen ein Stuhlbein und zog den Stuhl dazu an seiner Lehne zu sich.

„Faszinierend", bemerkte der Händler, während er eine Flüssigkeit, dem Geruch nach mit Zitronen versetztes Wasser, in zwei Gläser füllte. „Ich könnte das nicht."

„Nicht nur in meinem Fall fußt auf der Not die Meisterschaft", erwiderte Ayra höflich und streckte ihre vom langen Ritt steifen Glieder.

„Warum kam kein Krieger?", fragte Thogan, sobald er ihr das Glas, in dem tatsächlich kühles Zitronenwasser war, überreicht hatte. „Für eine Maid wie dich sollten kluge Prinzen Schlange stehen."

„Vielleicht. Dann scheint es, als wären uns die klugen Prinzen ausgegangen. Auch wenn ich selbst denke, dass sich niemand mit Verstand freiwillig für den Gang ins Labyrinth melden dürfte. Dafür sind zu viele von ihnen dort verschollen."

„Die waren dann vermutlich nicht klug genug", lachte der Händler und schenkte sich nochmals nach. „Und doch wärst du ein solches Risiko wert, findest du nicht?"

Ayra zuckte unschlüssig die Schultern. „Ist das so? Diejenigen, die mich nicht für unnütz halten, weil ich mich nicht mit den Augen orientiere, finden Mut, Klugheit und Freiheitsliebe bei einer Frau eher hinderlich. Letzteres vor allem."

„Was allerdings unweigerlich aus den ersten beiden Eigenschaften folgt." Thogan zögerte einen Augenblick. „Das ist, vermute ich mal, eine Altersfrage. Junge Menschen legen auf die völlig falschen Dinge wert. Sie nehmen sich zu wichtig und die Welt um sie herum viel zu wenig. Und sie versuchen Stärke zu gewinnen, indem sie andere schwächen. Beides ist dämlich. Speziell, wenn es um Menschen geht, mit denen man zusammenlebt. Sie halten alles Neue für aufregend und wichtig, vielleicht weil sie anders als die Alten noch nicht so oft gesehen haben, was aus den neuen Ideen wurde."

„Wie meint Ihr das?"

„Schau, als ich meine Ylsa heiraten wollte, sagte sie mir, sie könne hervorragend kochen und ich versicherte ihr leidenschaftlich, das sei mir völlig einerlei." Er seufzte. „Wir haben beide gelogen. Denn während die Glut der Küsse über die Jahre abkühlt, habe ich weiterhin jeden Abend Hunger."

Darauf fiel Ayra keine Antwort ein und so nahm sie erst einmal einen tiefen Schluck aus ihrem Wasserglas.

„Ich wollte dich auch nicht beleidigen, als ich sagte, ein Krieger sei mir lieber. Denn du weißt vom Wert der Fracht, die du zum Berghof bringen sollst?“

„Edlen Wein für die Wintermonate“, sagte Ayra. „Wertvolle Fracht, die sorgfältig behandelt werden will …“

„Äh … ja!“ Sie konnte spüren, wie sie Thogan abschätzend musterte und dann deutlich auf Distanz ging. „Wein ist teuer und begehrt. Achte gut auf die Fracht. Auf jede einzelne Kiste.“

Ayra wusste immer weniger, wohin dieses Gespräch führen sollte. „Da sich niemand meldete, zum Preis für meine Hand den Fluch zu brechen, zog ich eben selbst los. Ich bin nicht so schlecht im Kämpfen und die Überraschung ergreift getreulich meine Partei“, erklärte sie dann. „Die erste Aufgabe habe ich erfolgreich gemeistert. Und die zweite zumindest zur Hälfte, denn ich bin hier. Mit den Kristallen, die Euch versprochen wurden.“

Damit zog sie den Beutel aus ihrem Gürtel und legte ihn vor sich auf den Tisch.

„Und ich nehme an, gegen deine Freiheit hättest du auch nichts, Maid Ayra?“

Die Frage war, das spürte sie, ernst gemeint. Also ließ sie sich Zeit mit der Antwort.

„Tatsächlich ging es mir um den Fluch, der Jahr für Jahr gute Menschen in den Berg zwingt. Ich will die Angst beenden, die das Tal und die Menschen darin lähmt und an allem Frohsinn hindert. Doch natürlich sehne ich mich auch nach Freiheit. Wer täte das nicht?“

„Niemand, wenn er ihr einmal in die verlogene Fratze geschaut hat! Frag deinen Bergfürsten, der wollte nicht hören und lernt es nun auf die harte Weise“, lachte Thogan bitter.

„Wie meint Ihr das?“

„Was ist Freiheit? Freiheit wovon? Frei von Krankheit ist etwas ganz anderes als frei von Gesundheit, nicht wahr? Freiheit ist ein Geist, ein Nichts, das erst Substanz gewinnt, wenn man sie füllt. Aber wer auch immer ihr Inhalt gibt, übernimmt damit Verantwortung, für sich, für die, die ihm folgen, für die Konsequenzen dessen, was er mit seiner Freiheit tut. Das sind Ketten stärker und härter als sie jeder Kerkerschmied ersinnen könnte. Darum schrecken tatsächlich auch so viele vor ihr zurück und wollen lieber ohne all die Pflichten, Verantwortungen und den hinter jedem frei gewählten Fehler schwebenden *Selbst schuld* leben! Auch Hyll wollte frei sein. Frei und ungebunden. Und was ist herausgekommen? Er hat sein Herz verloren und kann sich seither nicht mehr aus dem Berg entfernen, der ihn zu einem fürchterlichen Ungeheuer gemacht hat, dessen Anblick die Menschen in Tagen um Jahre altern lässt. Es ist schmerzlich, zu sehen, was aus Freunden wird, Ayra. Und schmerzlicher, was aus unseren Träumen."

„Über diese Worte muss ich erst nachdenken ...", murmelte Ayra, die von dem heftigen Ausbruch des Händlers peinlich berührt war.

„Tu das!", bestätigte Thogan nun wieder gefasster. „Wenn du klug bist, Ayra, dann prüfe gut, wenn dir jemand Freiheit verspricht und nicht sagt, wovon."

„Das werde ich."

Thogan schenkte ihnen nochmal nach, als ein Diener mit köstlich duftendem Essen, Wurzelbrei mit Pilzen und Speck und ein paar würzigen Kräutern, die Ayra nicht einordnen konnte, hereinkam und tönernes Geschirr vor ihr auf den Holztisch stellte.

„Greif zu! Gesegneten Appetit. Mögen die Gaben der Göttin deinen Gaumen erfreuen!"

Ayra erwiderte den Segensspruch und tastete nach ihrem Löffel.

„Und Ihr behauptet, Eure Frau könne nicht kochen?“, fragte sie, sobald sie die Köstlichkeiten gekostet hatte.

„Das ist so. Doch sie ist klug, was ich schätze, und hat eine Köchin angeheuert, die es kann.“ Er lachte. „Ich habe nicht gesagt, dass ich meine Frau nicht mehr lieben würde. Das tue ich, mehr denn je. Doch anders als mein alter Freund, der nun dein Herr ist, habe ich begriffen, dass man immer verhandeln muss. Nicht nur im Kontor.“

Auch das schien Ayra eine bedenkenswerte Bemerkung zu sein.

„Ich habe Hunger!“, bemerkte Wyth an ihrem Ohr. „Aber Thogans Geschichten sind einen knurrenden Magen wert.“

„Hyll hat mir von dir vorgeschwärmt, kaum dass du an den Hof kamst“, nahm Thogan zwischen zwei Bissen das Gespräch wieder auf. „Auch deshalb wollte er dich erst nicht weglassen, aber Skada hat wohl auf ihn eingewirkt. Sie ist dir nicht restlos wohlgesonnen, die erste Maid.“

„Diese Aufgabe habe ich tatsächlich willig übernommen, um ein paar Tage frei von Skada zu sein.“

Thogan lachte. „Den Wunsch nach dieser Freiheit kann ich verstehen. Trotzdem wäre es auch deshalb für dich besser, wenn du doch noch deinen Prinzen fändest."

„Das liegt nicht an mir", seufzte Ayra. „Soweit ich weiß, hat sich sogar ein junger Krieger gemeldet. Der Sohn unseres Grafen …"

„Milan oder Tabean? Ich schätze sie beide."

„Milan." Ayra räusperte sich, weil ihre Stimme plötzlich so piepsig geworden war. „Der Ältere. Er ist sehr pflichtbewusst und sorgt sich um das Tal und die Folgen des Fluchs, der schon viel zu lange auf uns lastet."

„Und klug. Ich sagte schon, dass du wahrlich eine gute Partie bist."

„Er ist sehr pflichtbewusst", wiederholte Ayra kläglich.

„So wie die Jahre zuvor auch schon." Thogan klang nicht überzeugt.

Ayra schon! Natürlich fände sie es wundervoll, wenn Milan ihretwegen gekommen wäre, aber das war ausgeschlossen, denn hatte nicht der Graf selbst gesagt, dass er keinen Krüppel als Herrin der Arensburg brauchen konnte? Und seither war Milan auch nicht mehr ins Dorf gekommen, um mit ihr Schießen und Werfen zu üben, um zu plaudern und zu lachen. Und mit ihm war ihre Lebensfreude geschwunden, wenngleich wenn ihr das erst aufgefallen war, als Milan fortblieb.

Das jedenfalls war einer der Gründe gewesen, warum Ayra gar nicht widersprochen hatte, als man ein paar Wochen später sie für den Gang zum Berghof vorgeschlagen hatte.

„Ayra?" Thogan hatte sich über den Tisch zu ihr gebeugt.

„Du siehst aus, als hätte jemand gerade deinen Pfeil geschnitzt. Ich habe gefragt, wo er denn dann steckt, dein Milan?"

„Nicht mein Milan, sondern der älteste Sohn des Grafen von Arensberg!" Sie schüttelte schnell den Kopf. „Milan wollte kommen und ich weiß nicht, was ihn aufgehalten hat. Er ist sehr pflichtbewusst!"

Dann stellte sie die Schale ab und schob den Stuhl zurück.

„Meister Thogan, ich danke Euch sehr für Eure Gastfreundschaft, aber um die teure Fracht nur eine Nacht auf der Straße zu haben, sollte ich unverzüglich aufbrechen, meint Ihr nicht?"

Thogan schob seinen Stuhl zurück und erhob sich.

„Ich nehme an, dass Hari dein Pferd schon angespannt hat. Der Wagen ist beladen, du musst dich nur noch auf den Kutschbock setzen und dann kann es losgehen."

„Sollten wir nicht die Ladung inspizieren, den Preis nachverhandeln, die Kristalle überprüfen und so?" Ayra lächelte. „Das ist doch so Brauch? Handelsbrauch, denke ich …" Sie brach unsicher ab. Ihr Vater hatte sie zwar oft mitgenommen, aber nie allein handeln lassen. Darum war sie jetzt verunsichert.

„Das erste Gebot guten Verhandelns ist es, nie zu tun, was das Gegenüber erwartet", erklärte Thogan, während er ihr galant den Arm reichte, um sie wie eine Fürstin auf den Hof zu führen.

„Es ist auch nicht erforderlich, dass du die Waren inspizierst, denn offenbar hat dir Hyll nicht gesagt, worauf zu achten ist. Was erstaunlich ist, da du sein Gastpfand trägst. Also belassen wir es dabei, denn wie soll sich ein bescheidener Händler anmaßen, die Entscheidungen des Bergfürsten zu hinterfragen?"

Auf Messers Scheide

„Ich habe Hunger!“, murrte Wyth, während sie gemeinsam auf dem Kutschbock hinter Senno saßen und durch das Stadttor von Tolado wieder Kurs auf den Berghof nahmen.

„Ich fand das wirklich gemein, dir beim Essen zuschauen zu müssen, nachdem ich dir so treu gedient habe.“

„Ich wusste nicht, dass dir der Eintopf geschmeckt hätte“, erwiderte Ayra erstaunt. „Ich dachte, du magst nur Insekten?“

„Hast du eine Fliege für mich?“

Ayra seufzte. „Nein, ich weiß nicht, wie ich dir eine fangen kann. Es tut mir leid.“

„Ich werde einfach hier vom Fußbrett zur Sitzbank mein Netz aufspannen und das Beste hoffen.“ Wyth hüpfte von seinem Lotsenplatz in Ayras Schal auf ihre Hand und verschwand dann irgendwo im Wagen. „Jetzt, wo wir auf der Straße sind, werden Senno und du ja mal ein bisschen allein auf sich aufpassen können.“

Senno schnaubte, während er gleichmäßig die gut ausgebaute Silberstraße entlangtrabte, dem Danupass entgegen, wo Ayra wieder rasten wollte. Die Stelle, die ihr Kenan gezeigt hatte, schien ihr perfekt geeignet, auch wenn sie allein war. Außerdem fühlte sie sich sicherer, wenn sie sich an einem Ort auskannte.

Während Wyth also sein Netz spann, lehnte sich Ayra auf dem Kutschbock zurück und lauschte dem gleichmäßigen Rattern der Räder und dem unermüdlichen Klappern von Sennos eisenbeschlagenen Hufen. Sie atmete tief durch, genoss nach der stickigen Stadt die klare Luft, die an diesem Tag vom Meer im Osten herangeweht wurde und verheißungsvoll nach Salz, Algen und Abenteuern roch.

Ayra fragte sich, was das Besondere an der Ladung war, die sie nun zum Berghof bringen sollte. Sechzehn Kisten Wein hatte sie gezählt, mit je 24 Flaschen. Sie alle waren ordentlich, aber für sie unbrauchbar mit einer Banderole versehen, beschriftet und sorgfältig verkorkt. Ihr Stiefel stieß gegen das Holz einer siebzehnten Kiste unter ihrem Sitz, die von anderer Form und sorgfältig verschlossen war. Schnaps vielleicht?

Was auch immer die Kiste verbarg, auch ihr Inhalt war in Flaschen gefüllt. Sie hatte das Klirren genau gehört. Von Neugier getrieben, erwog sie, die Kiste aufzustemmen und nachzusehen, doch verwarf den Gedanken wieder. Hyll hatte sie nur nach Wein geschickt. Auch Thogan hatte ihr nichts gesagt, obwohl die Gelegenheit dazu bestanden hätte. Also schien es sie nichts anzugehen.

Klipp Klapp Klipp Klapp

Rattatattatattata.

Senno hatte es eilig, nach Hause zu kommen und zog zielstrebig an anderen Reisenden vorbei. Ayra, die nur so tun konnte, als würde sie lenken, war nicht ganz wohl dabei, einem Pferd so blind zu vertrauen. Als Reiter hatte sie das weniger gestört, aber mit einem sperrigen Wagen war es doch anders. Sie schnalzte prüfend, wann immer sie vor ihnen etwas hörte und versuchte, Senno mit leichtem Zügelschlag zur Vorsicht zu mahnen, doch das war schon alles, was sie tun konnte.

Ayra hasste es, wenn sie vor solchen Hindernissen stand!

Gereizt schlug sie nach einem neugierigen Insekt, dass auf ihrer Nase landen wollte. Am Nachmittag wurden Mücken, Fliegen und Bremsen deutlich dreister. Das war zumindest für ihre Begleitung gut.

„Wie sieht es aus?“, fragte sie daher Wyth. „Hast du schon was gefangen?“

„Ich habe tatsächlich einen Käfer auf den Dielen gefunden“, erklärte die Spinne von irgendwo bei ihren Füßen.

„Kommst du nach dem Essen bitte wieder rauf?“ Ayra wackelte aufmunternd mit der Schuhspitze. „Mir wäre wohler, wenn du mir ein wenig von dem Weg berichtest.“

„Aber natürlich“, erwiderte Wyth hilfsbereit. „Ich habe aber großes Vertrauen in Senno, der mir ein außerordentlich bedachtes Exemplar seiner Art zu sein scheint. Da hat Hylls Stallmeister dir ein wirklich gutes Pferd ausgesucht.“

Senno vor ihnen schnaubte zur Bestätigung und überholte einen Reisenden, der auf einem kleinen Karren schnatterndes Geflügel vor sich herschob. Leider konnte Ayra nicht sicher sagen, was das für Vögel waren.

„Melde mich zum Dienst“, erklang es unvermittelt neben ihrem Ohr. „Was willst du sehen?“

Ayra lachte. „Wichtig ist, dass du mir sagst, wo wir den Weg verlassen müssen, um wieder in der gemütlichen Senke zu nächtigen. Du hast dir die Stelle hoffentlich gemerkt?“

„Aber natürlich!“ Wyth klang empört. „Wir müssen an dem Harzbaum beim Hornissennest die Straße verlassen und dann den Nebenpfad bis zu einem Baum, der einen schiefen Ast wie einen Speer vor sich herträgt, folgen. Und von da aus …“

„… finde ich auch den Weg. Ich bin sehr froh, dass ich dich als Gefährten bei mir habe.“

„Danke.“ Dazu räusperte sich Wyth verlegen. „Das hat noch nie ein Mädchen zu einer Spinne gesagt“, murmelte er dann.

„Was zeigt, wie leicht die Welt sich verbessern lässt“, sagte Ayra und schnalzte prüfend, um zu erfahren, warum Senno langsamer wurde. Offenbar begann der Anstieg zum Danupass. Das war gut. Sie lagen perfekt in der Zeit. Das erfüllte sie mit Stolz.

Es bedurfte auch für diese Aufgabe keines Prinzen. Ein blindes Mädchen reichte völlig.

„Schone dich ruhig ein bisschen“, rief sie dem Wallach zu. „Wir kommen früh genug am Rastplatz an und dort habe ich bei Thogan einen Beutel mit Hafer für dich herausgehandelt."

Senno schüttelte den Kopf, bis sein Zaumzeug klirrte. Er klang zufrieden.

Mit Wyths Hilfe kamen sie gut über den Pass und bald schon musste Ayra den Wagen bremsen, damit er Senno trotz des Hintergeschirrs, das den Schub gut ableitete, nicht bergab verletzte. Sie ließen sich Zeit und fuhren in immer längere Schatten hinein. Ihren Rastplatz würden sie wohl erst nach Einbruch der Dunkelheit erreichen. Doch das war Ayra aus naheliegenden Gründen einerlei.

Sie dachte zum vielleicht hundertsten Male an Milan. Was war geschehen, seit er seine Freunde am Mandara-Quell verlassen hatte, um sich dem Berg zu stellen?

Niamá hatte einmal im Scherz gesagt, dass sie Milan noch um den Verstand bringen würde, aber auf Ayras erstaunte Frage hatte die Hexe nur gelacht.

War sie schuld, dass Milan sich so seltsam verhielt?

Solange sie ihn kannte, war er schon fasziniert von dem Berg gewesen, hatte viele Stunden die Höhlen an seinem Fuß erkundet und sich näher als jeder andere

Mensch an die Feuerflüsse herangewagt, deren Dämpfe ihr Tal so quälten.

Milan war versessen auf Wissen jeder Art, sprach stundenlang mit den Zwergen und Trollen über den Berg und das Feuer, das dem Schmiedegott Armar entkommen war, er sammelte alles über den Fluch und hatte sogar mit den Roja im Wald gesprochen.

Ayra lächelte. Auch wenn sie nicht wusste, was das mit ihr zu tun hatte, war spätestens von da an auch ihr klar gewesen, dass Milan ganz eindeutig den Verstand verloren hatte.

So, wie der Bergfürst sein Herz, was der Sage nach der Grund für ihr Elend war.

Dass Männer ständig ihre Körperteile verlegten! Sie seufzte. Es war so typisch für Milan, dass er noch eins draufsetzte und gleich ganz verloren ging!

Der Gedanke schmerzte. Obwohl sie seit Jahren viele Stunden gemeinsam mit den Bögen und den Dolchen trainierten, Stunden geredet, geträumt und gelacht hatten, war – auch wenn Niamá es nicht glauben wollte – nie mehr als Herzklopfen geschehen.

Doch das war besser, denn dann tat es weniger weh, wenn Milan irgendwann ein Mädchen nehmen würde, das als künftige Gräfin taugte!

Wie sie diese Stunden trotzdem vermisste. Milans Stimme, sein Lachen und seinen Geruch. Diesen ganz eigenen Duft seiner Haut, gemischt mit Leder und der Kräuterseife, auf die sich Lea, die Verwalterin der Burg, so hervorragend verstand.

Auch, wenn sie also nicht wusste, warum Milan überhaupt losgezogen war, um sich als Fluchbrecher zu versuchen, verstand sie noch weniger, warum er dann nicht gekommen war. Sein Wort würde Milan niemals brechen ...

„Da vorne müsste jetzt die Abzweigung kommen“, ließ sich Wyth vernehmen und riss Ayra damit aus ihren wehmütigen Gedanken.

„Ho!“, rief sie Senno zu und zog an den Leinen. „Wir sollten vorsichtig sein und erst einmal prüfen, ob unser Platz nicht besetzt ist, meint ihr nicht?“

„Wie du meinst.“ Wyth schien vor ihr auf dem Fußbrett zu sitzen. „Aber ich würde wirklich gerne am Bach rasten. Am Wasser finde ich sicher leckere Mücken.“

„Meinetwegen kannst du die alle haben“, lachte Ayra. „Die blutrünstigen Mistviecher haben mich zum Fressen ...“

Sie brach ab und zwang Senno, der schon nach rechts drängte, wo der Pfad zum Wasser führte, zum Halten.

„Was ist?“, fragte Wyth, doch Ayra brachte die Spinne mit einer Geste zum Schweigen.

Ayra lauschte konzentriert, bevor sie den Kopf in den Nacken legte und witternd tief einatmete.

„Feuer“, sagte Ayra schließlich. „Und Stimmen.“

Senno schüttelte misslaunig den Kopf, als ihn Ayra nicht etwa weiterfahren ließ, sondern vom Kutschbock kletterte und ihren Bogen spannte.

„Ist es so schlimm, wenn vor uns Menschen sind?“, maulte auch Wyth, der offenbar seine Mückenmahlzeit gefährdet sah. „In der Senke ist doch Platz genug.“

„Nein! Schlimm ist, dass offenbar gestritten wird“, sagte Ayra. „Ich will erst wissen, wer da vor uns ist. Sicher ist sicher.“

„Wie du meinst“, seufzte Wyth und kletterte gehorsam auf ihre ausgestreckte Handfläche, um sich in seinen Platz in Ayras Schal setzen zu lassen. Die Spinne machte kein Geheimnis daraus, dass sie anderer Meinung war.

„Warte hier!“ Ayra tätschelte Sennos Hals, während sie den Wallach von der Straße weg hinter eine

Schonung von Nadelbäumen führte, wo er – von Reisenden unbemerkt – grasen konnte.

Dann setzte sie vorsichtig zu Fuß ihren Weg zum Bach fort. Das war beschwerlich, denn wenn sie den Bogen gespannt hatte, taugte nur sehr bedingt als Taststock.

„Findest du das nicht übertrieben?", fragte Wyth.

„Vielleicht", räumte Ayra ein, während sie langsam und vorsichtig den Pfad entlang zur Senke schlich. „Aber etwas Vorsicht hat weit seltener geschadet als genutzt, nicht wahr?"

„Wie du meinst."

„Sagst du mir, was du siehst?", bat Ayra, die stehenblieb, schnalzte und sich so orientierte. Die Schemenlandschaft in ihrem Kopf verschob sich, denn auf dem Hinweg war sie geritten und hatte daher ein anderes Bild gewonnen, dass es nun anzupassen galt.

„Wagt es nicht!", hörte sie da unvermittelt zwischen den Bäumen rufen, geradewegs aus der Senke. „Elendes Gesindel!"

Dem zornigen Ausruf folgte ein Klirren, das Ayra mit dem Ziehen eines Schwertes oder Säbels verband. Im nächsten Augenblick schepperte Metall auf Metall, gefolgt von einem angestrengten Stöhnen, das zu gleichen Teilen Schmerz und Angst verhieß.

Ayra überprüfte die Dolche an ihrem Gürtel, griff nach zwei Pfeilen und ging langsam weiter.

„Sag mir, was du siehst!“, befahl sie Wyth. „Da vorn wird gekämpft.“

„Wenn du das schon weißt, frage ich mich, warum du in diese Richtung gehst“, sagte die Spinne. Sie klang besorgt.

„Weil wir vielleicht guten Leuten in Not helfen müssen.“

„Glaubst du, dass du das kannst?“

Ayra verzog das Gesicht. Die Frage ihres Freundes schmerzte! Sie wollte nicht nutzlos sein!

Entschlossen ging sie weiter. Sie mussten gleich an die Stelle kommen, wo um einen großen Haselstrauch herum der Blick auf die Senke freigegeben wurde, wo sie tags zuvor gerastet hatten.

Der Kampflärm vor ihnen wurde lauter.

„Das sind vier Männer“, sagte Wyth, als sie im Schutz der Hasel stehenblieb und schnalzend versuchte, sich zu orientieren.

„Erzähl mir mehr!", bat Ayra, die zwar die Zahl richtig erkannt hatte, aber aus der Bewegung nicht schließen konnte, wer genau mit wem und warum kämpfte.

„Zwei weitere liegen auf dem Boden und laufen aus. Die, die noch stehen, schlagen mit großen Messern aufeinander ein. Drei sind mit einem Metallkleid geschützt, einer, der gleich in den Bach purzelt, versucht sie von einem Bündel fernzuhalten."

„Können die mit den Kettenhemden Räuber sein?", fragte Ayra, die mit einem Mal einen sehr trockenen Mund hatte.

„Sie sind jedenfalls nicht freundlich." Wyth kletterte auf ihren Kopf, um von dort aus besser zu sehen.

„Einer schlägt nach den Beinen des Mannes am Bach und ein anderer versucht, in seinen Rücken zu gelangen."

„Tragen sie Helme?"

„So habt doch Gnade!", rief da der Mann, der gerade noch geschimpft hatte.

„Von Gnade wird man nicht satt!", höhnte ein anderer, der wohl vor dem Bittenden stand.

„Besprich das mit Lobon!"

Die Erwähnung des Totengottes war genug.

Ayra spannte den Bogen und trat auf den Pfad. „Haltet sofort ein!“, rief sie laut.

„Euch schicken die guten Götter!“, rief der Verteidiger erleichtert, während die anderen sich so abrupt umdrehten, dass ihre Kettenhemden klirrten.

„Geht Eurer Wege und lebt oder bleibt und sterbt!“

Das hatte ihr Vater einmal gerufen, als er einen Überfall auf einen Händler beendet hatte. Damals war Ayra noch klein gewesen und hatte sich in ihrem Wagen versteckt.

„Das werden wir sehen, wer von uns zwei hübschen stirbt, du Miststück!“, höhnte einer der Männer und wandte sich Ayra zu.

„Er hat keinen Helm, aber einen Dolch wie die, mit denen du wirfst“, warnte Wyth, doch darauf hatte Ayra gar nicht gewartet, sondern ließ den Pfeil von der Sehne, genau in die Richtung der Stimme. Sie hatte nichts als das Überraschungsmoment und konnte sich Zögern nicht leisten.

Sie spürte, wie die Sehne zurückschnalzte und ihr Bogen sich zitternd wieder entspannte. Hörte wie mit einem leisen Zischen der Pfeil davonflog, um einen Augenblick später sein Ziel zu finden. Der dumpfe Ton, mit dem er einschlug, klang so ähnlich, aber eben doch anders, wie wenn man auf einen Sandsack schoss, dass Ayra reflexartig schluckte. Was tat sie da?

Auf diese Entfernung durchschlug ein Langbogenpfeil auch ein gutes Kettenhemd und sie hatte auf den Kopf gezielt, wo auch eine einfache Verletzung schnell tödlich war.

Mit einem wilden Schrei stürzte sich der Mann, dem sie helfen wollte, auf seine verbleibenden Angreifer. Oder vielmehr dem Klang nach, auf den direkt vor ihm stehenden.

„Wo ist der vierte Mann?“, rief Ayra panisch. Sie schnalzte, doch fand keinen Hinweis, den sie deuten konnte. Gras und Sand verrieten auch zu wenig von den Schritten, verflucht!

„Äh …“, stammelte Wyth. „Er rennt auf dich zu. Fast schon neben dir …“

In dem Augenblick hörte Ayra einen Stiefel über Stein schrappen.

Sie jagte den zweiten Pfeil in die Richtung, hörte aber, wie er auf der anderen Seite des Baches harmlos in einen Baum einschlug. Immerhin war der Angreifer in Deckung gegangen.

Doch nicht lange.

„Was hat er für eine Waffe?“

Ayra riss einen Dolch aus dem Gurt und wappnete sich für einen Wurf. Ihr war absolut bewusst, dass die nächsten Augenblicke nur einer von ihnen beiden überleben würde.

„Ein langes Messer", quietschte Wyth, der das offenbar ähnlich sah.

Ayra wich zur Seite aus, als sie die Bewegung vor sich bemerkte, schlug mit aller Kraft mit ihrem Bogen zu, taumelte einen Schritt zurück, als sie einen Luftzug spürte, dem die tödliche Klinge ihres Gegners folgen musste. Dann duckte sie sich und sprang nach vorn, unter dem Schwert hindurch, stieß mit ihrem ganzen Gewicht gegen den viel größeren Mann, der erbärmlich nach saurem Schweiß stank. Sie griff unter das Kettenhemd und rammte ihm mit aller Kraft den Dolch in den Oberschenkel, genau dort, wo die große Ader verlief, und riss den Stahl nach oben. Blut schoss heiß über ihren Handrücken, als sie zurücksprang.

Mit einem gurgelnden Schrei stürzte der Mann zu Boden.

„Jetzt liegen alle bis auf den Mann, der zu Beginn gerufen hat."

Ayra nickte und richtete sich schweratmend wieder auf. Die Gefahr war gebannt. Niemand mit einer solchen Wunde lebte noch lang.

Doch jetzt holte sie die Erkenntnis ein. Sie hatte bis gerade eben noch nie etwas anderes als ein Huhn getötet. Und jetzt gleich zwei Menschen! Ein Gedanke, der sich furchtbar schmutzig anfühlte. Das Bedürfnis, sich zu übergeben, war überwältigend.

„Dich haben die guten Götter geschickt, Mädchen", stöhnte es vor ihr. Der Mann, für den sie zur Mörderin geworden war, konnte vor Schmerz kaum sprechen. Der Geruch von Blut lag schwer über der Senke und verpestete die Nacht.

„Wem verdanke ich mein Leben?"

„Der Maid des Bergfürsten", erklärte sie. Hylls Namen zollte man überall im Osten Respekt, mal mit mehr, mal mit weniger Angst.

„Und für wen habe ich mein Leben riskiert?"

„Ich bin Vasko." Die Stimme des Manns klang verwaschen. Sie hörte, wie er sich fallen ließ. „Ein Taglöhner auf dem Weg nach Peritai. Dort kann ich den Winter über an den Docks arbeiten."

„Du bist verletzt", fasste Ayra zusammen, was so offensichtlich war, dass man es auch blind erkennen konnte. „Hast du Verbandszeug? Dann will ich dir mit Lybias Segen helfen."

„In meiner Satteltasche dort drüben."

„Ich kann deine Geste nicht sehen", sagte Ayra und klopfte mit einem Finger auf ihren Kopf, um so Wyth an seine Pflichten zu erinnern.

„Geradeaus etwa zehn Schritt und dann zu dem Baumstamm am Fluss. Da liegt das Gepäck von diesem Vasko."

Ayra wollte schon losgehen.

„Halt!", rief Wyth. „Stolper nicht über den Kerl da vor dir!"

Der Mantel des Schweigens

In Vaskos Gepäck fand Ayra schließlich auch das Lybia-Täschchen. Wyth war bei der Suche ganz konkreter Menschen-Dinge nicht wirklich eine Hilfe. Spinnen achteten einfach auf andere Sachen und wer oder was diese Lybia war, interessierte Wyth nun gar nicht. Was eigentlich dumm war, denn schließlich half die Göttin des Lebens und der Heilkunst allen Kreaturen. Während Ayra zurück zu Vasko eilte, um dort hastig die Wunde zu ertasten und einen Druckverband anzulegen, grübelte sie, warum Menschen brav im Tempel spenden sollten, damit die Göttin einem wohlgesonnen war, während eine Spinne wie Wyth es sich leisten konnte, von Lybia noch nicht einmal zu wissen.

„Dich schickt wirklich die Göttin", seufzte Vasko schließlich. „Krieger, Heiler und nachtsichtig wie eine Eule. Wie hast du das nur in der Dunkelheit geschafft, meine Wunde so gut zu versorgen?"

„Du hast einfach Glück gehabt." Ayra trug gerade noch eine klebrige Paste aus Pilzen und Kamille auf, die den Brand verhinderten, und bandagierte dann auch diese. Verletzung „Ich bin übrigens keineswegs nachtsichtig. Mich stört nur die Dunkelheit nicht, weil ich auch tags nichts sehe."

„Aber … wie konntest du dann schießen?"

„Nach Gehör", sagte sie ruhig. „Vor allem nach Gehör. Und jetzt ruh dich aus. Morgen nehme ich dich mit zum Berghof, da kann man dir besser helfen, damit du bald nach Peritai weiterreisen kannst."

Sie erhob sich. „Ich gehe jetzt erst einmal mein Pferd holen. Mein Schutzgeist wacht derweil über dich."

Wyth, der irgendwo zwischen den Steinen saß, kicherte fröhlich zu dieser Vorstellung.

Ayra entspannte ihren Bogen, um ihn als Stab verwenden zu können und ging dann schnalzend den Pfad zurück zu Senno, der erleichtert wieherte als er sie kommen hörte.

Der Wallach musste durstig sein, denn er strebte mit einem hohen Maß an Entschlossenheit zu der Senke und es bedurfte tatsächlich eines mahnenden Nasenstübers, um ihm begreiflich zu machen, dass er erst abgeschirrt werden musste, bevor er zum Wasser konnte.

Jedenfalls war Ayra rechtschaffen müde, als sie ihr Bündel an die Feuerstelle legte und dann geübt mit ihrem Zunderstein das von Vasko bereits aufgeschichtete Holz und Reisig entzündete.

„Ich würde mir die Finger verbrennen, wenn ich nichts sähe", sagte Vasko fasziniert.

„Das habe ich auch", lachte Ayra. „Wie jeder, der lernt, ein Feuer zu entzünden."

Stöhnend stand sie wieder auf, brachte Senno den versprochenen Hafer und holte gleich noch Wasser am Bach, um aus den getrockneten Gemüseschnitzeln und etwas Wurst das Abendessen zu bereiten.

Was machen wir mit den Toten?", fragte Vasko nach dem Essen.

Darüber hatte Ayra auch schon nachgedacht. „Ich kann sie hier nicht verbrennen", sagte sie daher. „Und mitnehmen will ich sie eigentlich auch nicht."

„Aber wir können hier doch nicht lagern, während dort zwei Tote liegen!"

„Hast du Angst vor Wiedergängern?", fragte Ayra schließlich bedächtig.

„Nein! Ja, ein bisschen. Aber nein! Es ist vor allen Dingen respektlos."

„Ich wüsste nicht, womit sie sich Respekt verdient hätten", erwiderte Ayra, die mit dieser Lösung auch nicht glücklich war, aber immer noch keine bessere wusste.

„Wir könnten gleich aufbrechen. Du siehst doch ohnehin nichts."

„Das ist richtig. Aber mein Pferd sieht dann auch nichts und der Weg zum Berghof ist nicht dafür gemacht, mit einem schweren Wagen blind befahren zu werden."

Vasko setzte, das konnte sie an seiner Atmung deutlich hören, mehrmals zu einer Erwiderung an, fand dann aber doch nicht die rechten Worte und versank wieder in Schweigen.

Nicht nur zu seiner Beruhigung stand Ayra schließlich auf und ging an Senno vorbei zu der Stelle, wo die beiden Toten liegen mussten.

Es war albern, wenn man regelmäßig tote Tiere aß, sich vor der Berührung einer Leiche zu gruseln! Sie überwand ihre Scheu und untersuchte erst einmal den Toten, der sie angegriffen hatte. Der Beutel an seinem Gürtel leer und in einer Tasche fand sie noch ein klebriges Stück Käse. Am wertvollsten war eindeutig der Säbel, auch wenn Ayra damit nichts anfangen konnte. Das Kettenhemd war gut gearbeitet. Aber das half nichts, wenn der Dolch unterhalb der Rüstung sein Ziel suchte. Den Trick hatte ihr Milan gezeigt. Milan, an den sie jetzt schon wieder dachte.

Sie seufzte, packte den Toten unter den Armen und zog ihn aus der Blutlache und von ihrem Lager weg in die Büsche. Vielleicht fühlte sich Vasko dann besser. Ihr jedenfalls war es angenehmer, wenn der Mann, den sie getötet hatte, nicht zu ihr herüberstarren konnte.

Sie atmete tief durch und versuchte, den widerlichen Geruch von Tod und Schweiß zu verdrängen. Dann wandte sie sich dem anderen Toten zu, den sie erschossen hatte. Der Mann trug über seinem deutlich schlechteren Kettenhemd einen ungewöhnlich gut gearbeiteten Mantel. Mit fein gearbeiteten Nähten und einem guten Futter. Sie tastete nach den Taschen, fand dort aber nur einen Zunderstein wie den ihren und ein paar Münzen.

Dieser Mann stank weniger als sein Kumpan. Er hatte nicht so stark geblutet und auch seine Kleidung war gepflegter. Ayra betrachtete nochmals den Mantel, der ihr vage bekannt vorkam und so gar nicht zu den mit

Lumpen umwickelten, heruntergekommenen Stiefeln passen wollte. Als sie sich über den Toten beugte, um ihn für den Abtransport zurechtzulegen, stieg ihr ein ganz einzigartiger Geruch in die Nase, Leder, Seife und Kräuter. Sie spürte, wie ihr Herz einen Schlag aussetzte, als sie die Erkenntnis wie ein Hammer traf. „Gütige Götter, nein!“, entfuhr es ihr, während sie unwillkürlich Tränen fortblinzelte.

Angewidert schob sie den Toten neben seinen Genossen unter die Büsche. Dann faltete sie den Mantel sorgfältig und trug ihn wie einen wertvollen Schatz zurück zum Feuer.

„Hier!“, sagte sie und reichte Vasko den Säbel. „Damit kannst du dich das nächste Mal besser verteidigen. Die Waffe ist gut. Wenn du ein Kettenhemd willst, greif zu. Sein gegenwärtiger Besitzer hat keine Verwendung mehr dafür.“

Sie setzte sich zu ihm, lehnte sich gegen den alten Baumstamm in ihrem Rücken und starrte ins Feuer. Sie spürte wie die warme Luft, von denen die Flammen wie von einem Schutzschild umhüllt wurden, ihre Tränen trocknete.

Neben ihr setzte sich Vasko stöhnend auf und tätschelte ihr unbeholfen das Knie.

„Das waren deine ersten Toten, nicht wahr? Da ist es immer besonders schlimm."

Ayra schluckte. Erst jetzt fiel ihr auf, wie ihre Hände zitterten.

„Aber glaub mir, Mädchen, noch schlimmer wäre es, wenn es nicht schlimm wäre."

Nur ganz am Rande spürte sie, wie Wyth zu ihr krabbelte und sich auf ihrer Schulter wortlos an ihren Hals schmiegte.

Sie sollte etwas sagen, doch sie konnte nicht. Ihr fehlten die Worte. Also schwieg sie.

Sie hüllte sich fest in den Mantel und vergrub sich in den Stoff, der diesen Geruch in seinen Fasern trug. Diesen Geruch, der womöglich alles war, was sie nun noch von Milan hatte.

Was hatte der Kerl ihm angetan?

Eherne Mauern

Ayra hätte nicht sagen können, wie sie zurück zum Berghof gekommen war. Letztlich hatte sie es Senno und Vasko überlassen, sie zurückzubringen. Sie selbst hatte sich auf der Ladefläche zwischen die Kisten gehockt, sich in den Mantel vergraben und unter der Kapuze an Milan gedacht.

Sie spürte unter sich, wie sich die Räder endlos drehten, immer weiter, immer weiter, während ihr Herz in Trümmern lag. Ayra hätte das nie für möglich gehalten, wie treffend diese Redensart war, wie präzise sie beschrieb, was sie fühlte.

„Zieh in Frieden, der Dunkelheit entgegen", flüsterte sie tonlos in Milans Mantel. „Zieh in Frieden, keine Nacht währt ewig."

Sie konnte sich nicht vorstellen, wie Lobar, der große Rabe des Totengotts, Milans Seele aufnahm, um sie über das Nimmermeer an die Fernen Gestade zu bringen. Ob es dort hell und licht war, wie Milan es geliebt hatte? Er war immer ein Wesen des Tages gewesen. Ein Kind des Sonnenscheins. Unwillkürlich summte sie ein Lied, das im Dorf zu solchen Anlässen gesungen wurde:

„Flieg aus Schatten hinauf in helles Licht,
Flieg durch Wolkenschleier, geschwind aus meiner Sicht.
Bist nun frei von deiner Bürde, es ist soweit;
ent-sorge dich, wirf fort dein Leid.
Du fliegst aus Schatten hinauf in helles Licht.
Und sei gewiss auf deinem Fluge: Ich vergess dich nicht."

„Du singst schön. Das hätte ich dir gar nicht zugetraut. Wo lernt man das?", klang Wyth durch die Kapuze. Sie konnte spüren, wie Spinnenbeinchen über den Stoff krabbelten und zielsicher dort stehen blieben, wo ihre Nase war. Dort traten sie nachdrücklich auf der Stelle. Es war offensichtlich, dass Wyth eine Antwort erwartete. Doch Ayra wollte nicht reden.

„Das Lied klingt schön, aber sehr traurig." Wyth tanzte weiterhin auf ihrer Nase herum. Drängend.

„Was sich in dieser Welt nicht ausschließen muss.“ Ayras Stimme klang krächzig und belegt, gerade so, als habe sie zu lange nicht gesprochen. Es passte, erschien ihr doch, als sei das in einem anderen Leben gewesen. Aber wie sollte sie das einer Spinne erklären?

„Wir sind fast da“, ließ sich Vasko vom Kutschbock aus vernehmen. „Soll ich direkt zum Berghof fahren?

„Das wäre gut. Weißt du, wo das Nachttor liegt?“, fragte Ayra.

„Nein. Nicht genau. Aber ich bin sicher, dass jeder in der Gegend mir den Weg weisen kann.“

„Gut.“

Ayra lehnte sich wieder zurück und hüllte sich in ihren Mantel. Irgendwann schlief sie ein.

Sie erwachte, aus bleiernem Schlaf, als Wyth sie am Ohr kitzelte. Ruckartig setzte sie sich auf und konnte gerade noch den Impuls unterdrücken, sich am Ohr zu kratzen.

„Wir sind da“, sagte Wyth. „Salea und die Zwerge kommen schon, um den Wagen zu entladen. Also los jetzt! Verabschiede dich von Senno, denn der Bergfürst erwartet dich in der Halle!“

Seufzend sammelte Ayra ihre Sachen ein und kletterte vom Wagen.

Ihr graute vor der Berghalle, vor dem sinnlosen Geplänkel mit Skada, vor den Menschen, den Zwergen, vor all den Aufgaben, die mit einem Mal überhaupt keinen Sinn mehr ergaben. Ob irgendwer die beiden Männer, die sie getötet hatte, genauso betrauerte wie sie Milan? Was für ein unendliches, ununterbrochenes Band von Leid Menschen in die Welt brachten, wenn sie sich gegenseitig die Köpfe einschlugen?

Gedankenverloren stieg sie kurz darauf mit Vasko hinunter in die Berghalle, wo ihr, als sie aus dem oberen Labyrinth an die Stufen kam, über die sie vor Hylls Thron gelangte, tosender Applaus entgegenschlug. Es war lieb gemeint, aber für Ayra fühlte sich das an wie eine Wand, gegen die sie laufen musste. Eine Wand aus Lärm, die ihre Schemenwelt zerstörte und sie zwang, orientierungslos, nur mit Hilfe ihres Stabes den Weg zu finden.

Sie hielt inne und ließ Vasco, der ihr mit einer knisternden Fackel gefolgt war, den Vortritt. Dann konzentrierte sie sich auf seine Schritte, unmittelbar vor ihr.

Das ging. Sein Stapfen klang fast wie ein Herzschlag. So, als würde er ihrem zerbrochenen Herzen den Takt vorgeben, damit es sie wieder mit Leben füllte.

„Ich sehe, du hast dir einen Prinzen mitgebracht“, begrüßte sie Skada, bevor sie Ayra mit geheuchelter Herzlichkeit in die Arme schloss.

„Das ist Vasko, ein Tagelöhner auf dem Weg nach Peritai, dem ich unterwegs zu Hilfe eilte“, erwiderte Ayra. „Er ist ein guter Mann, doch mit seiner Verletzung nicht geeignet, durch den Schacht ins untere Labyrinth zu gehen.“

„Wie schade!“, rief da Hyll, der sich bisher im Hintergrund gehalten hatte, und erhob sich, um gleichfalls zu ihnen zu kommen. Ayra hörte, wie Vasko neben ihr vor Schreck die Luft anhielt und griff nach seinem Arm. „Der Bergfürst ist, wie grässlich er dir auch erscheinen mag, ein gütiges und freundliches Wesen“, raunte sie dem Mann zu.

Vasko schluckte. „Das ... ist schwer zu glauben.“

„Aber darum nicht weniger wahr.“

„Ayra!“ Hyll war vor ihnen angekommen und ergriff ihre Hände mit seinen riesigen Pranken. „Wie schön, dass du zurückgekehrt bist.“

„Hegtet Ihr an meiner Treue oder an meinen Fähigkeiten Zweifel, Fürst?“

„Weder noch!“ Hyll lachte. „Aber ich stellte fest, kaum, dass du weg warst, dass ich dich vermisste. Nun freue ich mich auf den nächsten Ausflug in die Nacht.“

„Ich halte das für kein glückliches Vorhaben“, bemerkte Skada neben ihr mit kaum verhüllter Abscheu. „Ihr seht doch, wie Ihr die Bauern verschreckt, wenn sie Euch sehen! Da ist es rücksichtslos, Euch so zu zeigen!“

„Ist das so?“, grollte Hyll, dessen gute Laune mit einem Schlag verschwunden war.

Vasko, der diesen Stimmungsumschwung offenbar mit seiner ängstlichen Reaktion verband, verbeugte sich hastig. „Fürst, verzeiht mein Verhalten. Ich war nicht vorbereitet. Doch glaubt mir, wenn wir wissen, wer kommt, wird uns auch ein noch so schreck… eigenwilliges Antlitz nicht verstören.“

„Ha!“ Triumphierend fuhr Hyll zu Skada herum. „Hörst du, meine Maid? Ich schätze deine Fürsorge, aber so gönne mir doch diese kleinen Freuden. Unsere kriegerische Dunkelmaid hat mir von Thogan endlich eine Flasche mit dem Sonnen-Elixier mitgebracht. Damit besteht die Chance, dass ich mich dieser hässlichen Hülle entledige!“

„Und doch könnt ihr den Berg, in dem euer Herz ruht, nicht verlassen!" Skada schrie fast, so erschrocken klang sie. „Warum also die Schmerzen auf Euch nehmen, um die Gestalt zu wechseln – wenn es denn gelingt. Vergesst nicht, wie ihr bei den letzten Versuchen gelitten habt."

„Ich will aber wenigstens das kurze Stück auf dem Berg wieder unter freiem Himmel wandeln", widersprach Hyll. Er klang gereizt. „Außerdem wird Ayra schon auf mich aufpassen. Du kannst ja derweil im Berg deine Schönheit pflegen, meine Maid!"

„Aber nur, wenn deine Dunkelmaid die dritte Aufgabe übersteht!", schnappte Skada gehässig. „Nachdem sie einfach keinen Prinzen findet, wird sie wohl selbst gehen müssen! Ich bin gespannt, wie sie sich in der Tiefe schlägt."

Ayra horchte auf. Dieser letzte Satz verbarg noch etwas anderes, über die mit der Aufgabe verbundene Gefahr Hinausgehendes. Nur was?

„Ich werde Ayra nicht in die Tiefe senden", verkündete da Hyll. „Es gibt keine dritte Aufgabe."

„Aber Fürst", setzte nun Ayra an. „Der Fluch gebietet, dass in jedem Jahr nach eurem Herz gefahndet wird.

Ich habe zwei Aufgaben gemeistert und fürchte auch die dritte nicht."

„Aber ich fürchte um dich, meine Dunkelmaid", widersprach Hyll. „Und es ist doch einerlei, warum eine Aufgabe nicht erfüllt wird. Ob man mein Herz nicht findet, oder erst gar nicht sucht – was ändert sich?" Er seufzte. „Ich sitze hier umgeben von lieben Wesen neben meiner wundervollen ersten Maid am Berghof, erfreue mich an meinen Kristallen und seit ich mit dir auch noch gelegentlich die Frische der Nacht genießen darf, scheint mir der Fluch gar nicht mehr so schlimm zu sein."

„Aber für die Dörfer im Tal ist er schrecklich!", begehrte Ayra auf. „Die Mädchen, die in jedem Jahr an den Berghof kommen, kommen willig, aber nicht aus freien Stücken. Der Berg verpestet unser Wasser und verbrennt die Felder. Seit wie langer Zeit? Seit vierundzwanzig Jahren, soweit ich weiß. Meint Ihr nicht, es sei an der Zeit, dieses Elend zu beenden?"

„Aber ohne Prinz weiß niemand, ob der Fluch beendet wird, selbst wenn Euer Herz gefunden würde." Skada klang gerade so, als würde sie gar nicht wollen, dass dies alles ein Ende fand.

„Es heißt nur, ein Prinz müsse kommen und sich den Aufgaben stellen“, widersprach Ayra aber mit erzwungener Ruhe. „Und dass der Fluch gebrochen ist, wenn der Bergfürst sein Herz wiedererlangt. Wir gingen stets davon aus, dass der Prinz es suchen soll, doch eigentlich wird das nicht verlangt.“

„Und welcher Prinz ist gekommen?“, fragte Skada zuckersüß.

„Milan, der erste Sohn des Grafen von Ahrensberg.“ Ayra sprach jede Silbe sehr sorgfältig, um zu verhindern, dass ihr die Stimme versagte. „Er ist gekommen, aber wurde überfallen. Dies ist sein Mantel.“ Schweren Herzens nahm sie den Stoff von ihren Schultern und reichte ihn Hyll.

„Und woher willst du das wissen? Wer sagt, dass dieser Prinz nicht geflohen ist?“ Skadas Stimme vibrierte fast vor Zorn.

„Ich kämpfte gegen seinen Mörder.“

„Und rettete mir damit das Leben!“, bekräftigte Vasko sofort.

Wieder brandete Applaus durch die Halle und raubte Ayra ihr Gefühl für den Raum.

„Warum willst du unbedingt in die Tiefe?“, fragte Hyll sanft über den Lärm hinweg.

„Weil …“ Jetzt versagte Ayra auch noch die Stimme.

Der Bergfürst ergriff sehr sanft nochmals ihre Hände und legte Milans Mantel hinein.

„Ich sehe den Trauerschleier über deinen Augen. Höre in dem Schweigen deine Qual. Ich spüre, dass du dein Herz verloren hast, deine Freude an der Welt.“ Er seufzte. „Doch das geht vorbei, auch wenn du es nicht glauben willst.“

„Ich möchte wenigstens ein Herz retten“, sagte Ayra und hielt seine Pranke fest. „Bitte, Fürst, lasst mich die Mission mit der dritten Aufgabe vollenden!“

„Auch wenn du nicht zurückkommst?“

Gerade, wenn ich nicht zurückkomme, dachte Ayra bitter, nickte aber nur.

„Spinnst du?“, raunte es in ihrem Schal, gerade als Hyll sich aufrichtete und zu seinem Berghofstaat gewandt verkündete:

„So sei es! Hoffnung besteht nicht dort, wo man denkt, etwas wird gut ausgehen, sondern dort, wo man einen Sinn vermutet, wie auch immer es endet.“

Und obwohl Skada neben ihr nicht mitklatschte, hatte Ayra dieses Mal das Gefühl, als würde der Applaus sie von den Füßen reißen.

Tiefe Gründe

Ayra stand seltsam distanziert vor dem gefürchteten Schacht. Der Angelpunkt aller Ängste des Tals lag still und harmlos vor ihr. Die Tiefe, die hinter dem etwa acht Schritt breiten Rund lauerte, grüßte sie mit einem feinen Hauch von Schwefel, der aus dem Schacht träge an ihr vorüberzog.

Sie überprüfte ihre Waffen und den Wasserschlauch, den sie sich an den Gürtel gehängt hatte. Dann stieg sie langsam in die Tiefe.

Nun galt es, *den Drachen zu reiten*, was angesichts des Schwefelgeruchs ein unangenehm passendes Sprichwort war. Es gab durchaus Menschen im Tal, die behaupteten unter dem Berg schliefe ein uralter Großdrache und der Feuerstrom sei sein Speichel, der ihm im Schlaf aus dem Maul troff.

Zögernd und mit viel zu laut schlagendem Herzen stieg Ayra immer weiter nach unten ins Innere der Höhle. Sie kam an den Treppenabsatz, von dem aus

Gänge zu den Kristallfeldern führten, die Ayra schon kannte. Doch heute musste sie noch tiefer in den Berg hinunter. Sie bedauerte, dass sie sich dieser Aufgabe allein stellen musste.

Allein, bis auf Wyth eben, eine kleine Spinne, die ihre Augen für sie nutzte.

Das klang so verrückt, dass diese Geschichte eigentlich nur an die Feuer passte, wo man sich gerne Absonderliches erzählte. Doch hier, im echten Leben, konnte daraus nichts Gutes entstehen.

„Was zögerst du?", klang es aus ihrem Schal. „Bringen wir es hinter uns. Was immer es auch sein mag."

„Du hast recht", bestätigte Ayra und schob ihre Zweifel beiseite.

Sie wussten nicht, warum es niemandem in 24 Jahren gelungen war, dem Bergfürsten sein verlorenes Herz zurückzubringen. Niemand wusste das. Vor allem deshalb, weil keiner ihrer Vorgänger je zurückgekommen war, um von seinem Scheitern zu berichten.

Entschlossen wandte sich Ayra dem Gang zu, der sie am Rande des Schachts entlang zu einer Treppe führen müsste. Ihr war, als würde der Schacht bis ins Herz der Erde reichen. Kalte Luft zupfte an Milans Mantel, als Ayra sich vorsichtig der Einfassung näherte. Sie hatte sich von dem Stück nicht trennen können und ihn daher einfach selbst angezogen. Unter Milans Kapuze fühlte sie sich irgendwie sicherer.

Prüfend schnalzte sie, doch das Echo gab ein Bild, das nicht stimmen konnte.

„Wyth, was siehst du?“, fragte sie besorgt.

„Einen Steg, der zu einer kunstvoll geschwungenen Wendeltreppe führt. Aus einem schwarz schimmernden Metall, so leicht und fein gearbeitet wie aus Spinnweben.“

„Erzähl mir mehr von dieser Treppe“, bat Ayra, während sie mit ihrem Stab vorsichtig den Weg zu diesem Steg suchte.

„Die Treppe windet sich in der Mitte des Schachtes in kühnen Spiralen um eine Nadel aus schimmerndem Stein in die Tiefe. Das scheint ewig nach unten zu gehen.“

Mit dieser Beschreibung fiel es Ayra leichter, ein Bild zu erschnalzen.

Sie gelangte an die Treppe und bückte sich, um die Details zu ertasten, bevor sie ihren Abstieg begann. Ohne Fugen und Nähte waren die schmalen Stufen unmittelbar wie Flügel aus dem Stein der Säule geschlagen. So anmutig, so zerbrechlich. Das musste Elfenwerk sein. Uralt, aus einer anderen Zeit.

Der Stein wenigstens fühlte sich unter ihren Stiefeln beruhigend solide an. Bei der Vorstellung, hier zu stolpern und nach unten zu stürzen, wurde sie von einem leichten Schwindel erfasst. Sie hätte gerne wie Wyth auch die Sicherheit eines Seils gehabt und vermisste ein Geländer.

Durch die Kurven konnte sie die Treppe nicht richtig erfassen. Ihre Versuche genügten gerade, um den Schatten Raum in der sonst grenzenlosen Finsternis zu geben. Mehr als vier Stufen konnte sie nie orten, doch es mussten Tausende sein. Wyth krabbelte auf ihre Schulter und beobachtete, wie sie sich schweigend um die Säule herum endlose Stufen immer weiter in die Tiefe tastete. Für eine lange Zeit störten nur ihre Schritte die Stille.

Dort unten im Labyrinth der Prinzen lauerte Angst. Die Essenz der Angst, die dieser Berg verströmte. Sie beherrschte den Ort wie ein großes Tier. Grauen regte sich in den Schatten, als sie kamen. Uraltes Entsetzen, so alt wie das Wissen, dass man nicht lernt, aufrecht zu stehen, bevor man nicht hingefallen ist. Da war das Bild der eigenen Vergänglichkeit, das Wissen, dass die

Welt enden wird, die Erkenntnis, wie endlich Schönheit und Klugheit sind, dass nichts, auch nicht die alterslosen Elfen, ewig sind. Dass man Gaben nicht fordern, ihren Empfang nicht bestimmen und ihren Verlust nicht verhindern kann.

Diese Angst war es nicht, wonach sie suchten. Aber sie war womöglich der Grund, warum es noch nicht gefunden worden war.

Sie stieg tiefer. Gefühlte Stunden. Lang genug jedenfalls, um Ayras Beine in glühendes Eisen zu verwandeln.

Endlich erreichten sie den Fuß der Treppe und folgten staunend einem Gang in eine Höhle, in der kristallene Zapfen von der Decke und aus dem Boden wuchsen. Ayra blieb stehen und betastete einen dieser Zapfen, stellvertretend für die vielen anderen, die sie mit leise klirrenden Echos grüßten. „Willkommen, Labyrinth, in meiner Welt!“, rief sie trotzig und stieß ihren Stab dreimal auf den Boden.

Dann ging sie weiter, zwischen den Zapfen und Kegeln hindurch in einen der Gänge des Labyrinths, nachdem sie ihn sorgfältig markiert hatte.

Sie wusste weder, was sie erwartete, noch, was sie erwartete. Aber ihr war unangenehm bewusst, wie allein sie hier unten doch war. Die Legenden erzählten, dass das Herz des Bergfürsten inmitten des Feuerstroms liegen musste, und so suchte Ayra mangels anderer Anhaltspunkte nach diesem Feuerstrom, der sie rauchig, leicht metallisch lockte. Eine Fährte, der sie wie ein Spürhund tiefer in das Labyrinth folgte, allerdings nicht, ohne an jeder Kreuzung ihre Zeichen anzubringen.

„Eine komische Welt ist das hier unten", ließ sich auch Wyth vernehmen. „Der Stein wirkt so lebendig."

„Man sagt, das Labyrinth würde sich bewegen", bestätigte Ayra. „Amandar kann im oberen Teil einige Mauern verschieben. Das hat er mir sogar gezeigt. Aber im unteren Teil, hier im Schacht, ist es anders. Fast als sei der Stein selbst im Labyrinth gefangen und wälze sich dort unruhig hin und her. Darum vermerke ich ja auch jeden unserer Schritte."

„Und du meinst, das hilft?" Wyth blieb skeptisch.

Weil Ayra sich auch nicht sicher war, aber keine bessere Idee hatte, schwieg sie lieber und ging weiter. Ihre Schritte hallten auf dem von Tausenden von Füßen glatt getretenen Stein und untermalten das Tropfen von Wasser und das ferne Rauschen des Silbermeers, obwohl die Küste mehrere Meilen entfernt war.

Unheimliche Geräusche, die der Stille in den Höhlen Tiefe verliehen.

Und doch störte etwas die Symmetrie der Klänge, etwas, das Ayra aufhorchen ließ.

„Wir sind nicht allein hier unten", sagte sie. „Doch das Wesen scheint seiner eigenen Aufgabe nachzugehen. Jedenfalls folgt es uns nicht."

„Schachtolme vermutlich" überlegte Wyth. „Ich wüsste nicht, was das sonst sein soll."

Diese Biester klangen anders, doch Ayra beließ es dabei.

Hier irgendwo musste das Herz des Bergfürsten sein. Fast glaubte Ayra, sie könne den monotonen Schlag des mächtigen Herzens hören. Auch ihr wundes Herz, oder vielmehr die Trümmer, die übrig geblieben waren, schienen sich diesem Takt anzugleichen, was Ayra – so verstörend es war – seltsam ruhig werden ließ.

Sie kamen an eine weitere Kreuzung, an der bereits Zeichen prangten. Demnach war sie in den Gang, aus dem sie kam, hineingegangen, was völlig unmöglich war! Sie hätte bemerkt, wenn sie an einer Stelle umgekehrt wäre!

Sie ging weiter und kam an eine weitere Kreuzung, an der sie schon gewesen war, und zwar dieses Mal aus der entgegensetzten Richtung.

Sie fluchte herzhaft, laut und ausgiebig.

„Was ist denn?“, fragte Wyth besorgt.

„Die Wände in diesem verflixten Labyrinth bewegen sich wirklich. Das heißt, unsere Markierungen erweisen sich als hinfällig.“

Ayras Stimme klang nur deshalb nicht panisch, weil sie sich mit aller Kraft versagte, jetzt auch noch in Panik zu verfallen. Doch bei der Anstrengung knirschte sie förmlich mit den Zähnen.

In Ermangelung einer besseren Idee setzte sie sich mit müden Beinen wieder in Bewegung. Stoisch durchwanderte sie endlose Stollen.

Anders als im oberen Labyrinth gab es kein System aufeinander folgender Gänge. Dies war ein Labyrinth im Labyrinth im Labyrinth. Als sie zum dritten Mal an einer Kreuzung nahe der Treppe ankam, die sie bereits beim ersten Mal mit ihrem Dolch markiert hatte, war es an der Zeit für etwas Verzweiflung.

„Dass die Tunnel sich verändern, ist wirklich ein unehrenhafter Zug!“ Stöhnend setzte sich Ayra auf den Boden und schüttelte ihre Beine aus. „Es ist sinnlos!“

„Nicht so sinnlos wie aufzugeben." Doch entgegen seinen Worten klang auch Wyth ratlos. Er krabbelte von ihrer Schulter und verschwand in den Gängen. Zurück blieb ein unangenehmes Gefühl des Verlassenwerdens, das Ayra so gar nicht an sich kannte. Das Labyrinth drang eindeutig auch in den Kopf seiner Besucher und zwang auch einfache Gedanken in komplizierte, wenig zielführende Bahnen. Es war wie ein Fluch!

Doch das war hier sicherlich weder zufällig noch überraschend. Ayra kicherte, erschrak vor dem Laut und brach abrupt ab. Die Stille, die den so entstehenden Raum füllte, brachte Triumph mit.

„Wyth!", rief Ayra. „Wo bist du denn hin?"

Keine Antwort.

„Wyth?"

„Hier." An ihrem Hosenbein bemerkte sie eine Bewegung. „Ich übernehme jetzt mal die Kennzeichnung", erklärte die Spinne. „Damit sind wir langsamer, aber ich will sehen, was dieses Labyrinth macht, wenn wir den gesamten Weg markieren."

„Wie denn?"

„Ich bin eine Spinne!" Wyth klang empört. „Mit einem Spinnenfaden natürlich. Einem feinen, solide gewebten Spinnenfaden, den wir hinter uns herziehen."

„Na denn …", ächzte Ayra und kam taumelnd wieder auf die Füße. „Vermutlich bekommen wir auf diese Weise den Knoten dieses Zeitalters."

„Vielleicht." Man konnte förmlich hören, wie Wyth die Schultern gezuckt hätte, wenn eine Spinne so etwas könnte. „Aber auch dann kommen wir mit etwas Geduld wieder zu diesem Punkt zurück, der uns zur Treppe führt. Und jetzt geh, wohin dein Herz dich zieht. Herzen finden zueinander, hab ich mal gehört."

Davon war Ayra weit weniger überzeugt, denn tatsächlich konnte sie ihr eigenes Herz nicht spüren. Dort, wo es sein sollte, waren nur Trümmer, aus denen, wann immer sie es zuließ, bleierne Leere und unendliche Traurigkeit heraufstiegen.

Dennoch ging sie mit steifen Beinen weiter.

Es war erstaunlich, aber der Weg, den sie nun einschlugen, führte tatsächlich noch weiter hinab. Die Luft war warm und klebrig und brannte leicht, wenn man durch die Nase einatmete.

Ayra lauschte in den Berg. Von fern hörte sie ein Schleifen und Klirren, ein dumpfes Pochen – ganz, als wäre sie in die Nähe eines Zwergstollens geraten. Doch diesen Berg mied das Kleine Volk seit jeher, und erst recht, seit der Fluch auf ihm lastete.

Trotzdem ging sie weiter in diese Richtung.

Über ihr knarzte Holz im Rhythmus des allgegenwärtigen Pochens.

„Was ist das für Holz?", fragte sie, während sie neugierig die an dieser Stelle offenbar behauenen Felswände betastete und dort auf aus mächtigen, roh behauenen Balken stieß, die wie eine Art Türrahmen in den Fels verkeilt waren.

Vermutlich handelte es sich um Stützen, die jenen Teil der Gänge schützten, die der Berg nicht selbst geschaffen hatte. So ähnliche hatte sie jedenfalls bei den Zwergen schon gesehen.

Vor ihr war wieder dieses Schleifen zu hören.

Ayra erwog, diesem Geräusch nachzugehen, doch tatsächlich spürte sie nun auch in ihrer Brust den mächtigen Schlag und folgte ihm, so wie Wyth es vorgeschlagen hatte.

Die Luft wurde kühler und kam von oben. Das war faszinierend, denn bisher hatte alles, wirklich alles, sie nach unten gezogen. Milan hatte ihr einmal erzählt, dass Luft in Bewegung geriet, wenn sie zwischen

Warm und Kalt gefangen war, aber sie hatte ihm nicht zugehört, sondern nur den Klang seiner Stimme genossen.

Schmerzlich war ihr das Loch in ihrer Brust wieder bewusst. Sie schnalzte in regelmäßigen Abständen, um ein Gespür für den Weg vor sich zu entwickeln, aber inzwischen fand sie sich in dem Wald aus Stein, aus Zapfen und Kegeln ganz gut zurecht. Jetzt trat sie in eine weitere große Halle unter Tage.

„Da vorn ist eine Wand", bemerkte Wyth plötzlich.

„Wir sind in einem Berg", erwiderte Ayra, „da sind überall Wände. Das ist gut, denn sonst würde uns ja der Stein auf den Kopf fallen. Und wo keine Wände sind, sind hier Stützen."

Aber sie schnalzte prüfend und erschrak selbst vor der Masse, die sich vor ihr auftürmte.

Dort aber war auch der Ursprung des übermächtigen Schlags.

Vorsichtig ging Ayra weiter, während sie versuchte, sich auf die enorme Wand vor sich zu konzentrieren. Der Schlag kam nun von oben, irgendwo über ihr.

„Pass auf, vor der Wand ist ein Loch", erklärte Wyth.

Ayra, die das auch schon bemerkt hatte, nickte nur. Wenn sie die sich vielfach an den Steinsäulen brechenden Echos richtig deutete, drang aus diesem Loch auch jenes Schleifen, das sie vorhin schon in den Gängen bemerkt hatte. Außerdem wurde dort unten ein Echo des Herzschlags erzeugt, der den Berg erfüllte. Nicht direkt ein Echo, denn es veränderte den Schlag, was ein Echo niemals täte. Doch das musste gerade nicht ihre Sorge sein. Sie hatte andere.

„Wie breit ist das Loch?"

„Vier deiner Schritte vielleicht", schätzte Wyth, doch inzwischen wussten sie beide, dass die Entfernungen von einer Spinne ganz anders wahrgenommen wurden als von Ayra. „Aber unmittelbar dahinter beginnt die Wand, mit nur einem winzigen Steig zwischen Abgrund und Fels."

„Kannst du erkennen, woher dieses Schlagen kommt? Wo ist das Herz, das ihn erzeugt?"

„Ja …" So wie Wyth das sagte, klang es nicht ermutigend. „Da ist ein Schrein aus allerfeinstem Kristall, der von innen heraus leuchtet und pulsiert. Aber ich habe keine Idee, wie wir da herankommen sollen."

Ayra unterdrückte einen herzhaften Fluch!

„Eine Spinne hat doch kein Problem an einer Wand nach oben zu klettern?", fragte sie dann.

„Natürlich nicht!" Wyth wirkte empört. „Aber ich kann das Kästchen nicht tragen."

„Musst du auch nicht!" Ayra lächelte.

„Du kletterst da rauf, wickelst das Kästchen in deine Spinnenseide und kommst mit dem Faden wieder zurück. Und dann ziehen wir den Schrein einfach zu uns."

„Hm, wenn du das *einfach* streichst, könnte das sogar gelingen." Wyth trippelte unentschlossen auf ihrem Ärmel herum. „Aber es muss doch einen anderen Weg geben! Wie sonst soll je jemand an diesen Schatz gelangen?"

„Gar nicht vermutlich", erwiderte Ayra. „Das ist ja der Sinn der Aufgabe. Und ich nehme an, in der Grube dort unten liegen die Gebeine derer, die es kletternd versuchten."

Doch Wyth hatte sie schon verlassen.

Unschlüssig und ungeduldig wagte sich Ayra näher an das vor ihr gähnende Loch.

Es roch nach Stein und Kristallen, gerade wie in dem Zwergstollen, den sie mal mit ihrem Vater besucht hatte. Das Schleifen könnte auch von einem Wagen stammen, den man durch die Gänge bewegte. Für einen Augenblick meinte sie gar, ein leises Lachen durch den Schacht geistern zu hören. Doch sicher war sie nicht, dafür pochte über ihr das Herz im Schrein zu laut.

„Ayra!“, rief von weit über ihr Wyth. „Ich koooooomme!“

Sie wusste nicht, was die Spinne nun von ihr erwartete, aber stellte sich brav so auf, dass sie Wyth eine vernünftige Landefläche bieten konnte und hielt wie ein Falkner ihren Arm nach oben.

Tatsächlich landete Wyth gekonnt auf ihrem Handgelenk.

„Hier!“ Mit diesen Worten wurde Ayra ein unerwartet dicker Spinnenfaden in die Hand gedrückt. „Und jetzt?“

Unschlüssig befühlte Ayra den Faden, der den mächtigen, den Berg erfüllenden Pulsschlag aus dem Schrein in ihre Fingerspitzen übertrug. Dann stellte sie sich direkt vor den über ihr wartenden Schrein und spannte behutsam den Faden.

„Wenn du da jetzt ziehst …“, setzte Wyth an.

„Ziehen wir das Kästchen direkt zu uns, meinst du nicht?“, fragte Ayra, während sie im selben Moment mit einem kräftigen Ruck an dem Spinnenfaden zerrte.

Mit einem Knirschen rutschte das Kästchen mit dem Herz aus seiner Nische und stürzte dann, statt zu ihr zu schwingen, nach unten in die Tiefe.

Ayra versuchte, den Sturz abzufangen und den Schrein zu sich zu ziehen, doch mit einem deutlich vernehmbaren Schnalzen riss der Spinnenfaden, gefolgt von einem viel lauteren Scheppern aus den Tiefen des Schachts.

„Das habe ich mir anders vorgestellt“, stammelte Ayra. „Ganz anders.“

„Ich nicht“, seufzte Wyth. „Aber du warst zu schnell für meine Bedenken.“

„Und jetzt?“ Ayra lauschte in die Tiefe, doch da war nichts zu hören, bis auf den übermächtigen Herzschlag.

„Gehen wir nach unten und holen die alte Schachtel. Und dann gehen wir noch schneller wieder nach oben zurück. Nimm bitte meinen Lotsenfaden mit, damit wir hier nicht länger als nötig bleiben!“

Mantel und Schwert

Obwohl sie geschworen hätte, dass sie einen ganz anderen Weg genommen hatten, fanden sie entlang Wyths Richtungsfaden tatsächlich den unteren Bereich des Labyrinths, in dem die Luft so heiß und feucht war, dass man sie hätte schneiden können.

Die Kleidung klebte ihr schon nach wenigen Schritten am Leib und mit jedem Atemzug schien ihre Lunge zu schrumpfen.

Sie kamen an einen Pfuhl, in dem flüssiges Feuer zu schwimmen schien, das schwefeldampfig im Rhythmus des mächtigen Herzens vor sich hinblubbte. Eine breite Rinne transportierte das Feuer fort, vermutlich nach draußen, wo es als Glutfluss ihr Tal verpestete.

„Dieser Feuerteich bewegt sich im Takt des Herzschlags“, bemerkte auch Wyth. Es klang außerordentlich fasziniert. „Die Rinne ist nicht breit. Kaum breiter als eine einfache Schrittlänge. Du kannst darüber springen.“

„Das sagst du so einfach!“ Ayra konnte schnalzend zwar ungefähr die Position des Flusses errechnen, aber ohne Abtasten war ein Sprung eine enorme Überwindung.“

„Spring einfach, wenn ich *Jetzt* rufe“, schlug Wyth vor. „Aber vorsichtig!“

Langsam trat sie von dem Hindernis zurück und nahm dann, mit all ihrem Mut, Anlauf.

„Jetzt!“

Ayra sprang, landete auf festem Boden, rutschte um eine Winzigkeit weg, konnte sich aber fangen und ging dann mit einem erleichterten Keuchen weiter, fort von der unerträglichen Hitze.

„Wo bist du?“, fragte sie bang, als sie Wyth nicht mehr in seiner Falte fand.

„Ich sitze jetzt auf deiner Schulter. Im Schal hält das ja keine Spinne aus.“

„Shschh“, zischte Ayra. „Sei mal still und lausche!“

„Warum? Ich hab ja Augen ...“

„Spinn nicht herum, sondern lausche!“, wiederholte Ayra eindringlich. „Hörst du nicht auch Schritte vor uns?“

„Doch, ja.“ Wyth krabbelte bis an den äußersten Rand ihrer Schulter und schien in die Finsternis zu lauschen.

„Eindeutig Schritte, ja. Also kein Schachtolm. Wer aber kann das sein? Ein Geist wohl kaum."

„Ich würde sagen, ein einzelner Mann mit guten Stiefeln. Es wird Zeit, dass wir herausfinden, wer der einsame Wanderer ist."

„Wie hört man die Qualität eines Stiefels?", fragte Wyth. „Oder das Geschlecht des Trägers?"

„Die Stiefel sind mit Stoßeisen beschlagen", sagte Ayra, während sie die Verfolgung aufnahm, „und haben feste Absätze. Das ist beides teuer. Und dass sie einem Mann gehören, erkennt man an der Schrittlänge, dem Ton der Schritte, die auf ein höheres Gewicht schließen lassen, das für einen Mann mit Rüstung spricht. Und an den klirrenden Sporen, die eine Frau hierzulande nicht trägt."

Ayra hielt inne, als die Schritte vor ihr nicht mehr zu hören waren.

Und im nächsten Augenblick verstummte auch das Pochen.

„Der Stiefelgeist hat unsere Schatulle gefunden", rief Wyth und krabbelte aufgeregt über Ayras Arm bis zu ihrer Hand. „Los! Wir dürfen ihm das Herz nicht lassen!"

So schnell es zwischen den tückischen Steinsäulen und verwirrenden Gängen hindurch möglich war, arbeitete sich Ayra zu der Stelle, wo sie gerade noch das Herz gehört hatte.

Unterwegs zog sie zwei Wurfdolche aus ihrem Gürtel. Sie hatte zwar nicht vor, einem in dieser Alptraumhöhle gefangenen Wesen etwas zuleide zu tun, doch sie wollte sich auch nicht wehrlos einem Fremden nähern.

„Wer ist da?", schallte es ihr in diesem Augenblick entgegen. „Hallo?"

Ayra blinzelte verwirrt. Ihr war längst aufgefallen, dass sich vieles hier im Labyrinth veränderte. Nicht nur das Labyrinth selbst, sondern alles, was in ihm war: Die Wesen dort, die Gerüche, die Gedanken. Und offenbar auch die Töne. Wunschdenken, eindeutig, aber darum umso schmerzhafter, denn bis zu diesem Augenblick war Ayra die Intensität des Wunsches gar nicht bewusst gewesen.

„Hallo?", erklang es vor ihr noch einmal.

„Sag doch was!", drängte auch Wyth.

Doch Ayras Kehle war wie zugeschnürt.

Wyth hüpfte aufgeregt auf ihrer Schulter herum. „Wenn du nichts sagst, geh wenigstens weiter!"

„Hallo? Da ist doch wer?“, rief es ein drittes Mal, inzwischen mit deutlicher Sorge in der Stimme. Es war diese Stimme, die sie so verstörte. Sehnsuchtsvoll vertraut, aber doch falsch. Die Tonlage war anders, die Worte gedämpft, verwaschen ... das lag nicht nur an diesem Ort, das war kein Labyrinth-Effekt, denn ihre oder Wyths Stimme klangen weiterhin vertraut.

Ayra war, als müsse sie sich mit dem Dolch einen Weg durch die feuchtwarme, abgestandene Luft schneiden, als sie langsam mit schmerzenden Gliedern der Stimme entgegenging.

„Wer bist du und was willst du?“, fragte dann Wyth an ihrer Stelle.

„Wer will das wissen?“

Wyth schnaubte verärgert. „Ist das bei euch im Dorf die übliche Begrüßungsformel?“

„Ich, Wyth, Bezwinger des Schachts und Auge der Nacht, will das wissen und ich frage nicht noch einmal!“

Dieser Nachricht folgte erst einmal geradezu stoffliches Schweigen. Offenbar hatte Wyth den Fremden mit seiner pompösen Vorstellung verunsichert.

„Nun?“

Im nächsten Augenblick setzte der übermächtige, den Berg erschütternde Schlag des Herzens im Schrein wieder ein.

„Ich bin Milan Ahrens, der Prinz dieses Jahres, gekommen, um dem Herrn des Berges sein Herz zu bringen und den Fluch zu brechen."

Ayra schluckte. Der Mantel, den sie trug, drückte plötzlich zentnerschwer auf ihre Schultern.

„Er lügt!", würgte sie hervor. Kaum hörbar, weil ihr die Stimme versagte.

„Aber sehr pompös." Wyth kicherte. „Das gefällt mir."

„Mir nicht."

Mit pochendem Herzen ging Ayra weiter, auch wenn ihr jeder Schritt schwerer fiel. Der Herzschlag füllte den Berg mit all seinen Gängen, Schächten und Stollen aus und ließ keinen Platz für Eindringlinge.

Faszinierend, wie sehr man etwas in ein- und demselben Augenblick wünschen und der erwarteten Enttäuschung wegen fürchten kann.

Sie konnte, als sie in den Gang einbogen, in dem dieser Milan-Fremde wartete, bereits die Präsenz eines anderen Menschen spüren. Sie hörte seinen Atem, der Anspannung verriet, und spürte die Wärme, die von seiner Öllampe ausging. Dummerweise übertünchte das Öl mit seinem ranzig-nussigen Geruch auch alles, was ihr ihre Nase sonst noch verraten könnte.

„Wyth", schallte es ihr da hasserfüllt entgegen. „Bei Nuki, wie habe ich mich danach gesehnt, dir noch einmal zu begegnen!" Schritte im Gang beschleunigten sich in ihre Richtung, begleitet von dem unvergleichlichen Klirren mit dem Stahl aus der Scheide gezogen wurde.

„Oh, oh!", ließ sich Wyth vernehmen. Doch dieser Warnung bedurfte Ayra gar nicht.

„Dein Mantel verrät dich!" Er lachte bitter. „Oder vielmehr meiner, elender Raubmörder!"

„Milan!", rief sie, doch zu spät. Im letzten Augenblick wich sie zurück, taumelte gegen die Wand. Der Aufprall raubte ihr den Atem. Die Luft im Stollen schien sich immer weiter zu verdichten, fast als bewegten sie sich unter einer dicken Decke. Einer, die aus lauter falschen Emotionen gewoben war. Zorn und fremdartiger Schmerz flackerte durch ihren verwirrten Geist, gerade jetzt, wo ihre Aufmerksamkeit dem Schwert vor ihr gelten sollte. Sehnsucht nach Liebe und grenzenloser Selbsthass. Rache und Vergebung. Leid und Mitleid. Farben flackerten und mit ihnen Bilder vor ihrem geistigen Auge. Wurde sie wahnsinnig?

Sie duckte sich unter dem nächsten Hieb und versuchte zurückzuweichen, doch unterschätzte die Geschwindigkeit mit der Milan um das schneller und gewandter schien, was ihr nach einem langen Tag unter Tage an Beweglichkeit fehlte.

In letzter Sekunde warf sich Ayra zu Boden und rollte über die Schulter aus der Reichweite der grässlichen Waffe. Wie eine verschreckte Spinne krabbelte sie zwischen den Beinen ihres seltsamen Widersachers hindurch in relative Sicherheit.

Sie schrie noch einmal, doch der Lärm im Stollen, das nun übermächtig pulsierende Herz, das Klirren des Schwertes, der stoßweise Atem, mit dem sie beide um Luft rangen.

„Ich habe geschworen, dich zu töten!“, brüllte Milan, außer sich vor Zorn und Angst – Emotionen, die auf seiner Wanderung durch diese Alptraumwelt zu übermächtigen Monstern angewachsen waren.

Ayra krachte bei ihrem nächsten Ausweichversuch stöhnend gegen die Wand. Das Schwert schlug Funken, als es über die Steine fuhr.

Den nächsten Hieb konnte Ayra gerade noch mit ihren zu einem Schild gekreuzten Dolchen abwehren.

Doch auch so entging sie einem tödlichen Streich nur um Haaresbreite.

„Haltet ein!", fauchte grässlich entstellt, aber deutlich vernehmbar Wyth.

Tatsächlich hielt Milan inne.

„Milan!", rief Wyth noch einmal. „Milan, halte ein! Vor dir ist nicht der, den du fordern willst."

Langsam trat Milan zu der Öllampe, die er am Stollengang abgestellt hatte. Öl gluckerte leise, als er sie ergriff und ihren wärmenden Schein über ihr Gesicht gleiten ließ.

„Ayra?"

Sie wollte etwas sagen, doch ihre Kehle war immer noch wie zugeschnürt. Das konnte nicht sein! Mühsam setzte sie sich auf und schlug die Kapuze ganz zurück.

„Ayra, gütige Götter, was tust du hier in dieser Kerkerdimension?"

„Wa… rum lebst du?"

Sie zuckte unwillkürlich zurück. Das war so gar nicht das, was sie sagen wollte. Auch wenn sie die Antwort dringend brauchte. Es könnte schließlich ein Wiedergänger sein, ein Freischatten oder etwas ähnlich Schreckliches. Darum verbrannte man seine Toten auch sofort, um so etwas zu verhindern.

„Äh“, stammelte Milan. „Darüber habe ich mir ehrlich gesagt, noch keine Gedanken gemacht.“

Irgendwo kicherte eine alberne Spinne.

Milan kniete neben ihr nieder. „Bist du verletzt? Habe ich dich getroffen? Gütige Götter, was tust du hier? Und woher hast du meinen Mantel?“

„Du solltest zwischen den Fragen Luft holen“, erklärte Wyth aus dem Hintergrund. „Dann könnte Ayra auch die Gelegenheit für eine Antwort nutzen.“

„Nachdem du nicht gekommen bist, habe ich eben deine Aufgabe übernommen“, sagte sie und fühlte sich kläglich dabei. Als hätte sie kein Vertrauen in ihn gehabt, als sei sie einfach nur zu ungeduldig gewesen, um sich retten zu lassen. „Und dabei begegnete ich einem Räuber, der diesen Mantel trug. Ich erkannte ihn als den deinen und nahm ihn als Andenken an mich.“

Ihr brach die Stimme, als plötzlich Tränen zu fließen begannen. „Ich dachte, du seist tot!“

„Ich wäre auch beinahe gestorben, denn die Mistkerle ließen mich schwerverletzt am Straßenrand zurück. Zwerge fanden und pflegten mich in ihrem Stollen. Darum komme ich auch erst jetzt und auf diesem Wege. Bei Nukis Zorn, ich war so versessen auf Rache, dass ich beinahe dich erschlagen hätte! Das Mädchen, zu dessen Rettung ich doch ausgezogen bin."

Milan ließ sein Schwert fallen, ergriff ihre Hände und zog sie auf die Füße, um sie sodann fest in die Arme zu schließen. „Das hätte ich mir nie verziehen!"

Willig ließ sie es zu. Schmiegte sich haltsuchend an ihn, genoss es, wie sein Herz gegen ihre Brust schlug. Und für einen Augenblick verspürte sie inmitten dieser garstig-dampfigen Höhlenwelt ein Gefühl von Geborgenheit. Alle Angst fiel von ihr ab und Mut und Hoffnung kehrten zurück. Milan lebte und sie hatten das Herz im Schrein. Alles würde gut. Ganz gewiss.

„Ein Anblick, der zu Herzen geht!", bemerkte Wyth neben ihr trocken. „Aber ich würde trotzdem gerne weitergehen. Ihr könnt euch eure gewiss bewegenden Geschichten ja unterwegs erzählen."

„Wer ist da?", fragte Milan und fuhr herum, um den Gang auszuleuchten. Freilich ohne Erfolg.

„Wyth", erklang es nun auf Ayras Hosenbein. „Ich bin der Gefährte der Maid, ihr Auge, Lotse und Schutzpatron."

„Ich sehe dich nicht!"

Ayra nahm Wyth auf ihre Hand und hielt sie in Milans Richtung. „Wyth ist die tapferste Spinne, die du dir nur vorstellen kannst", sagte sie. „Und der ungewöhnlichste Freund, den ich je hatte."

„Gütige Götter!" In Milans Stimme lag so viel Erstaunen, dass Ayra unwillkürlich lachen musste.

„Gehen wir?", drängte Wyth.

Gehorsam nahm Milan sein Schwert auf und steckte es mit einem leisen Klirren zurück in seine Schwertscheide. Dann reichte er Ayra den Schrein, in dem heiß und kraftvoll ein fremdes Herz pulsierte. „Die Ehre, diesen Schatz heimzutragen, gebührt der Maid", sagte er förmlich.

In dem Augenblick, in dem Ayras Finger sich um den Kristallschrein schlossen, verstummte der Herzschlag, bis auf ein einfaches Pochen, das kaum nach außen drang.

Der Prinzenstollen

„Weißt du, wie man hier herauskommt?“, fragte Milan, als sie an der nächsten Kreuzung anlangten. „Ich bin seit zwei Tagen hier unten und habe die Hoffnung schon aufgegeben, je wieder die Sonne zu sehen.“

„Ich schon!“, bemerkte Wyth großspurig und trommelte dazu auf Ayras Schulter einen kleinen Tusch. „Immerhin bin ich ja der Lotse der Maid. Aber dazu müssten wir in die andere Richtung gehen. Was also wollt ihr hier?“

„Nur noch schnell nach diesem seltsamen Schleifen sehen“, erwiderte Ayra. „Wir haben das jetzt mehrere Male gehört und ich will wissen, was es damit auf sich hat. Es kommt aus der Richtung, in der sich auch die Wand befindet, aus der wir den Schrein geschlagen haben und dort sollten wir auch unseren Faden wieder aufnehmen können, meinst du nicht?“

„Vielleicht.“ Wyth klang verdrießlich. „Auch wenn ich deine Neugier so gar nicht teile.“

„Ayra hat recht“, kam ihr aber Milan zu Hilfe. „Wir sollten wissen, ob von diesem Geräusch eine Gefahr ausgeht, die uns womöglich an der Rückkehr hindern könnte. Es gibt viele tödliche Gefahren in diesem Labyrinth, und viele von ihnen kann man nicht einmal töten.“

„Du meinst Geister?“, hauchte Wyth. „Sind in diesen Gängen Geister?“

„In diesen Gängen?“ Milan lachte. „Erstens sind das Schächte, wenn sie nach oben führen, und Stollen, die sich vor uns ausbreiten, mein versponnener Freund. Und zweitens sind schlechte Luft, giftige Dämpfe, Feuer und Wasser hier, wo man ihnen nicht ausweichen kann, viel gefährlicher als jedes Wesen, tot oder lebendig.“

„Wie gut, dass wir jetzt einen klugen Prinzen dabeihaben, der uns die richtigen Worte gibt, mit denen wir unseren Tod beschreiben können.“

Wyth klang beleidigt. War die Spinne am Ende etwa eifersüchtig?

„Ärgere dich nicht“, raunte sie im Weitergehen ihrem kleinen Freund zu. „Milan meint es nicht so. Er liebt Wissen und will es in seiner Begeisterung teilen.“

Obwohl sie so leise gesprochen hatte, musste Milan sie gehört haben, denn er drehte sie nach ihr um und ging ein paar Schritte rückwärts weiter.

„Du verstehst mich eben, Ayra. Manchmal glaube ich, du allein."

Jetzt bedauerte Ayra, dass sie ihre Kapuze nicht wieder über den Kopf gezogen hatte, denn gewiss glühten ihre Ohren jetzt hell genug, um Milans Öllampe den Rang abzulaufen.

Milan drehte sich wieder um und ging vorsichtig weiter. Der Boden unter ihnen war sehr heiß und das Gehen nur so lange erträglich, wie sie sich in steter Bewegung hielten, weder Ferse noch Sohle länger als nötig auf dem Boden hielten und den dampfenden Schlammpfützen auf ihrem Weg auswichen.

„Wir sollten auch sehen, wohin dieser Feuerstrom sich zurückgezogen hat, denn letztlich laufen wir gerade in seinem Bett."

„Könnt ihr sehen, woher die Geräusche vor uns kommen? Und was ist das für ein Pochen, das so anders klingt als das aus dem Schrein?"

„Vor uns ist eine Art Balkon", sagte Milan im nächsten Augenblick. „Und dahinter eine große Höhle. Es sieht so aus, als sei dieser Balkon bis vor kurzem noch eine Art Wasserfall für diesen Feuerfluss gewesen."

„Von dort vorne kommt jedenfalls das Schleifen und Klirren ebenso wie die Hammerschläge", erklärte Ayra.

Die Höhle, die sich unter dem Vorsprung erstreckte, erinnerte ein bisschen an die Berghalle, in der Hyll Hof hielt. An ihrem Grund konnte Ayra geschäftige Bewegungen verorten, ein wimmelndes Mit- und Durcheinander, von dem auch der Lärm ausging, der sie hierhergelockt hatte.

Von unten klang über all den Lärm hinweg ein Bergmannslied herauf, das in seiner Traurigkeit Ayra tief berührte:

„Bergmannleben, Bergmannfron - oft gerühmt und oft besungen,
der nur kann sie ganz verstehen, der die Keilhau selbst geschwungen,
der Rhukkas Schoß gekrochen und gepocht hat und gehämmert
dem dabei in langen Jahren Kraft und Jugend sind verdämmert.

Und all diesen sei geraten, die sie schönend laut besingen,
in die Tiefe soll'n sie steigen und die Keilhau soll'n sie schwingen,
schaffen erst im Dunst und Qualme bis ihnen Hirn und Schläfen pochen,
bis die Not den starken Körper und der Druck den Geist gebrochen.

„Das ist ein Bergwerk", raunte Milan ihr zu. „Und ich glaube, wir haben die Prinzen gefunden!"

„Dann sollten wir sie befreien!" Ayra, fand den Gedanken in diesem Labyrinth womöglich auf Jahre gefangen zu sein, schlichtweg unerträglich.

„Wollen wir nicht eins nach dem anderen machen?", gab Wyth zu bedenken. „Erst diesen Prinzen hier retten, dann das Herz zurückgeben und dann können wir ja nochmal zurückkommen und die Leute hier holen. Warum sind sie überhaupt da?"

„Fragen wir sie!", schlug Ayra vor. „Führt irgendwo ein Weg nach unten?"

„Ich sehe dort am rechten Ende des Balkons eine in den Stein geschlagene Leiter. Aber ob das für dich geeignet ist?"

„Warum nicht?“ Ayra erschrak selbst vor der Schärfe in ihrer Stimme und versuchte, mit einem Lächeln die Stimmung zu retten. „Ich habe alles bis hierher nicht schlechter als du gemeistert, warum traust du mir so wenig zu?“

„Ich …“ Milan brach verlegen ab. „Ich möchte einfach nicht, dass dir etwas zustößt“, sagte er dann. „Es geht da ziemlich tief hinunter.“

„Für mich ist eine Leiter eine Leiter. Eine Anordnung von Sprossen, mehr nicht. Da ich Höhe nicht sehe, macht sie mir keine Angst.“

Das entlockte Milan einen Laut irgendwo zwischen Lachen und Seufzen. „Das hast du mir voraus. Ich hasse Höhen. Oder, um genau zu sein, eher Tiefen.“

„Wie meinst du das?“, fragte Wyth neugierig.

„Ganz einfach!“ Milan begann dabei bereits, die ersten Sprossen hinabzuklettern, „Da ich mir nicht jederzeit einen rettenden Faden spinnen kann, habe ich Angst, zu fallen. All das, was über mir nicht ist, stört mich daher nicht im Geringsten. Das, was unter mir nicht ist, fehlt mir hingegen ganz fürchterlich.“

Doch dann war er verschwunden und Ayra konnte von ihrem Prinzen nichts mehr hören als das leise

Geräusch, mit dem seine Stiefel auf der nächsten Sprosse auftrafen.

„Du kommst zurecht?“, fragte sie Wyth, bevor sie sich selbst an den Abstieg machte, sobald sie den Kristallschrein sicher in ihrem Rucksack verstaut hatte.

„Ich seile mich ab!“ Stolz schwang in der Stimme der Spinne, aber das verstand Ayra nur zu gut. Die Leiter war tatsächlich tückisch, denn in der dampfigen Feuchtigkeit in der Höhle, war das Metall mit einer schmierigen Schicht überzogen, die einen schnell Sorgfalt lehrte, denn ein fahrlässig gesetzter Fuß konnte todbringend sein, nicht nur für sie, sondern auch für Milan unter ihr, den sie dann unweigerlich in die Tiefe reißen würde.

„Bist du der neue Prinz?“, wurde Milan unten bereits empfangen, als auch Ayra am Fuß der Höhle ankam. Die Männer schienen neugierig zu sein. Aber auch ängstlich. Es war kein guter Ort hier.

„Sozusagen.“ Auch Milan klang erschöpft.

„Aber das ist nicht die Hexe, die uns hier gefangen hält!“, bemerkte ein anderer, dessen Stimme vor Argwohn troff. „Warum bringt sie dich nicht selbst.“

„Welche Hexe denn?“

„Skada“, sagte ein Dritter. „Unsere hochverehrte Herrin. Und wer also bist du, Weib?“

„Ich bin Ayra, die Maid dieses Prinzen“, erwiderte Ayra und schnalzte leise dazu. Vor ihr standen fünf mannshohe Gestalten, von denen einer Milan war und die anderen erbärmlich nach Schweiß, Steinmehl, Feuer und Verzweiflung stanken. Und nach Angst. Jener hochexplosiven Variante, die beim geringsten Anlass in Hass umschlagen konnte. Mit einem Mal war Ayra sich nicht mehr sicher, ob dieser Befreiungsversuch wirklich ein so guter Einfall gewesen war.

„Seit wann begleitet denn die Maid ihren Prinzen?“

Milan lachte. „Seit der Prinz auch wieder zurückkehren will. Ich bin immerhin aus freien Stücken hier.“

Das entlockte den anderen ein anerkennendes Raunen.

„Du siehst aber auch nicht aus, als sei das ein Spaziergang gewesen“, sagte der Argwöhnische. „Man könnte sagen, ich habe schon Wiedergänger gesehen, die besser aussahen.“

„Ich wurde auf dem Weg hierher überfallen und die Schläge, die ich dabei einstecken musste, haben mein schönes Antlitz in eine … nun ja … etwas unvorteilhafte Form gebracht. Und ich bin mir auch noch nicht sicher, wie viele meiner Zähne auch weiterhin in meinen Diensten stehen wollen."

„Warum hast du mir nicht gesagt, dass er zusammengeschlagen wurde?", raunte Ayra Wyth zu. Sie hätte zu gern Milans Gesicht betastet. Das würde erklären, warum er so seltsam verwaschen sprach.

„Ich weiß doch nicht, wie dein Prinz vorher aussah", verteidigte sich Wyth. „Ihr Menschen schaut für mich alle gleich schrecklich aus. Mit diesen zwei winzigen Augen und dem vielen Gesicht mit der hässlichen Erhebung in der Mitte. Brrrr."

„Wir sind gekommen, um euch mit an den Hof zu holen", erklärte Milan gerade. „Was tut ihr hier und warum?"

„Die Hexe hält uns gefangen", seufzte derjenige, der Ayra nach ihrem Namen gefragt hatte. „Das Herz im Schrein pumpt flüssiges Feuer aus der Tiefe des Bergs und bildet ein unüberwindliches Gefängnis. Bis vor ein paar Stunden befand sich auch hier, wo wir nun stehen, noch ein lavadampfender See."

„Wir können nur hier arbeiten, wenn wir nicht sterben wollen", sagte ein anderer.

Die Verzweiflung, die in diesen Worten lag, ließ Ayra schlucken. „Das ist nicht recht", sagte sie schließlich.

„Wer braucht Recht, wo man einen starken Willen hat?" Es schwang viel Bitterkeit in diesen Worten. „Skada weiß, was sie will und auch wie sie es bekommt. Recht ist dabei nicht vonnöten. Sie schlägt uns in Bann und raubt hier unten unsere Kraft mit schwerer Arbeit, so wie sie den Maiden oben ihre Lebenskraft stiehlt, mit der sie ihre Schönheit speist."

„Weiß der Bergfürst das?", fragte Milan ungläubig.

„Nein! Gewiss nicht", raunte Wyth sofort. Auch er klang schockiert.

„Das ist schreckliche Kunde", setzte Ayra hingegen ihre Befragung fort. „Doch sagt an, was sollt ihr hier arbeiten? Ich hörte euch schlagen und schleifen, als sei dies ein Bergwerk."

„Wir holen am Rande des Feuers den flüssigen Kristall aus dem Fels", erklärte der Argwöhnische. „Er dient, so sagte man uns, dem Bergfürst als Saat für seine Kristallfelder, deren Anblick allein ihn noch erfreuen kann, seit sein Herz gefangen ist. Die Arbeit ist hart und furchtbar. "

„Du sagtest Skada sei die Hexe, die euch hierzu zwingt." Ayra konnte nicht fassen, was sie gehört hatte. „Wie gelingt ihr das?"

„Sie befiehlt dem Herz im Schrein. Solange der Kristallschrein frei ist, verstärkt er wie eine Glocke den Herzschlag und treibt das Feuer durch die Kanäle, die wir graben und die uns zugleich gefangen halten. Der Schlag mit all seinem Sehnen ist alles, was uns in dieser Feuerwelt erreicht und vorantreibt, bis unser Körper bricht oder unser Geist vergeht."

„Ich habe das Herz im Schrein bei mir und darum hört ihr den Schlag nicht mehr. Der Feuerstrom wird nicht mehr hochgepumpt und so sind Wege frei, die vorher verschlossen waren. Also folgt uns."

„Skada tötet uns, wenn sie das erfährt", stöhnte einer der neu hinzugekommenen Gefangenen. „So hält sie es mit jedem, der fliehen will. Sie duldet nicht, dass wir uns vom Minenfeld entfernen! Wir schlagen bis zur Erschöpfung Gräben in den Fels, leiten Feuer darüber, schöpfen den flüssig gewordenen Kristall aus dem Flöz und zerren ihn dann mit großen Wannen zu der Leiter, wo sie Skada von in ihren Dienst gepressten Gelichtern holen lässt. "

„Skada ist nicht hier", widersprach Milan energisch, „sondern meine Maid, die das Herz im Schrein in ihren Händen hält. Also verzagt nicht, sondern folgt uns zum

Bergfürsten. Es ist Zeit, den Fluch zu durchbrechen, den diese verlogene Hexe gewoben hat."

„Und wie wollt ihr durch das Labyrinth zurückkehren? Die Wände wechseln stetig, sodass alle Markierungen ohne Wert sind."

„Mit meinem Lotsen", erwiderte Ayra ruhig und richtete sich auf, um Wyth über ihren ausgestreckten Arm auf ihre Hand laufen zu lassen. „Er wird auch euch sicher heimgeleiten, wenn ihr seinen Preis bezahlen wollt."

„Wir haben nichts als der Kleidung auf unserem Leib!", rief einer der Prinzen bitter. „Und die ist nichts wert", ergänzte ein anderer höhnisch.

„Ich helfe euch, weil ich es kann", sagte Wyth schließlich verlegen. „Und ich will auch nichts, als für mich und die meinen das Recht, in euren Hauswinkeln unsere Netze aufzuspannen und Fliegen, die ihr ohnehin nicht wollt, zu jagen. Habt Respekt und lasst uns leben, so wie ich euch leben lasse."

Der Argwöhnische, der offenbar der Anführer der Prinzen war, räusperte sich. „Das ist ein gerechter Handel", sagte er dann. „Du hast mein Wort."

Milan klatschte in die Hände. „Dann gehen wir", rief er. „Denn wer weiß, wie lange es dauert, bis Skada bemerkt, dass wir das Herz gefunden und geholt haben. Gewiss wird sie uns am Rückweg hindern wollen."

Wyth zog sich wieder auf Ayras Schulter zurück. „Da entlang?", schlug Ayra vor. „Denn dort müsste der Gang sein, in dem wir das Schleifen der Kristallwannen das erste Mal hörten."

„Stollen", sagte Milan leise. „Das sind Stollen!"

Steinschlag

Es war ein trauriger Trupp, der durch die Gänge zog, um an einen Punkt zu kommen, wo sie Wyth mit seinem Spinnenfaden zurückbringen konnte. Die Hoffnung, mit der sie losmarschiert waren, hatte schnell jener bleierner Erschöpfung Platz gemacht, die über dem Labyrinth wie ein Fluch eigener Art lastete. Der ihre Lungen schrumpfen ließ und jeden Atemzug zur Herausforderung machte.

„Da vorne sehe ich meinen Faden!“ rief Wyth plötzlich.

„Was war das?“, fragte Ayra, die in Gedanken versunken hinter Milan und der kleinen Spinne hergetrottet war, und hielt inne. So plötzlich, dass Hion, der auch nicht aufgepasst hatte, gegen sie stieß.

Sie hörten erneut ein leises Grollen, wie den Donner eines fernen Gewitters, das jedoch wie eine Walze aus Lärm immer näherkam und über ihre Köpfe hinweg ging, um in Richtung des Schachtes zu verschwinden, den Ayra den Echos nach vor ihnen vermutete.

„Oh …“, setzte Kemal, wie der Argwöhnische sich vorgestellt hatte, an, doch dann kam das Unheil auch schon über sie.

Ein gewaltiger Schlag ließ den mit schweren Balken abstützten Ausbau erzittern und mehrere Steinzapfen brachen mit einem gequälten Knirschen von den Wänden und hätten die hinter ihnen gehenden Prinzen erschlagen, wenn die nicht geistesgegenwärtig beiseite gesprungen wären.

Staub wirbelte auf, die Flammen ihrer Öllampen wurden ausgeblasen und schlagartig war es für sie alle so stockdunkel wie für Ayra die ganze Zeit. Zurück blieb nur der rußige Geruch erloschener Flammen, wie ein Abgesang auf das Licht, das sie so dringend brauchten.

Mit einem Fauchen fuhr ihnen ein heißer, schwefelverklebter Luftstoß entgegen, wie eine Sturmbö, die sie zu Boden warf.

Um sie herum war ein Bersten, Krachen und Brechen zu hören, das nach kurzer Zeit in einen einzigen Schall überging, ein ihre Welt zur Gänze ausfühlendes

Ächzen, das Kemal neben ihr ein wimmerndes Schluchzen entlockte.

Während Ayra sich stöhnend wieder aufrichtete, entwich mit einem schrillen Pfeifen Luft in einen Riss, der sich irgendwo links vor ihr im Fels aufgetan hatte.

Dann wurde es ganz still. Vereinzelt hörten sie kleine Steine fallen oder das Holz ächzen. Die Ruhe war beängstigend, weil Ayra beim besten Willen nicht wusste, ob sie in Sicherheit waren, lebendig begraben oder ob sie im nächsten Moment von einem ganzen Berg erdrückt werden würden.

Nach dem ersten Schrecken riefen die Prinzen sich gegenseitig beim Namen und stellten fest, dass mit dem Segen des Berggottes Armar keinem von ihnen etwas passiert war.

Hion neben ihr gelang es, mit zitternden Händen, wieder seine Öllampe zu entzünden. Dann zogen sie sich schnell ein Stück zurück.

Mit weichen Knien leuchteten sie die Strecke ab, um das ganze Ausmaß des unvorstellbaren Gebirgsdruckes zu erkennen. Tatsächlich war der Gang hinter ihnen eingestürzt und auch vor ihnen versperrte Geröll den Weg. Das Knirschen über ihnen verhieß nichts Gutes.

„Ich sehe nach, wie es vor uns aussieht“, rief Wyth und verschwand.

Ayra tastete vorsichtig ab, was sie mit ihrem Stab erreichen konnte und sich orten ließ. Der hölzerne Ausbau war zerborsten, zersplittert, die dicken Stämme aus Fichtenholz wie dürres Reisig geknickt. Über allem lag eine dicke Staubschicht, die das ohnehin beschwerliche Atmen noch schwerer machte.

Milan neben ihr zerriss sein Hemd. Dann plätscherte es.

„Was tust du da?“, fragte sie. Doch statt einer Antwort reichte er ihr ein nasses Stück Stoff.

„Und?“

„Binde es dir vor Mund und Nase“, sagte Milan. „Das macht das Atmen etwas leichter. Kommt her, ich habe noch mehr. Und wenn noch jemand etwas Stoff und Wasser entbehren kann, macht es mir nach. Wir alle werden einen Schutz vor diesem Staub brauchen. Spürt ihr, wie er euren Hals verätzt? Was immer in diesem Staub enthalten ist, es ist uns nicht bekömmlich.“

„Ich glaube, ein Mensch kann über das Geröll klettern, wenn er vorsichtig ist“, klärte sie Wyth kurz darauf atemlos auf. „Aber es ist sehr eng und ihr solltet euch wenig bewegen, denn dann gibt das Geröll nach und mehr noch rutscht aus einem Riss in der Decke nach."

„Wir können vorsichtig mit dem Arschleder über die Fläche rutschen", schlug Hion vor. „Das sind wir von der Arbeit gewohnt. Aber wir sollten uns sputen, denn das Knirschen über uns verheißt nichts Gutes. Ich fürchte, der Druck im Berg verändert sich, jetzt, wo das Herz das Feuer nicht mehr nach oben pumpt."

„Was ist ein Arschleder?", fragte Ayra zaghaft.

„Das hier!" Offenbar zeigte ihr Hion etwas. „Schau her und mach es mir dann nach."

Er kletterte schneller als Ayra ihm antworten konnte, über das Geröll vor ihr zu der Stelle, wo ein schmaler Durchgang frei geblieben war, dann klatschte etwas Ledernes auf den Stein und mit einem Schleifgeräusch war Hion verschwunden.

„Ich werf euch das Leder zurück", rief er noch.

Dann folgten ihm nach und nach die anderen Prinzen.

„Was machen sie da?", fragte Ayra verzweifelt. Sie konnte sich absolut nicht vorstellen, wie man mit einem Arschleder einen Geröllhaufen überwand.

Milan lachte leise und nahm sie kurz tröstend in den Arm. „Das ist ein Lederstück, das man sich in diesem

Fall unter den Bauch klemmt und auf dem man einigermaßen gleichmäßig über das Geröll gleiten kann, in etwa so, wie wir das mit den angeeisten Jutesäcken im Winter auf dem Eichenhügel gemacht haben."

„Aha" Ayra war überhaupt nicht überzeugt.

Gerade drohte sie, zu verzagen. Sie hatte so viel geschafft und schien nun hier auf den letzten Schritten zu scheitern.

„Ich helfe dir." Milan schob sie sanft zu der Stelle, an der die anderen nach oben geklettert waren.

„Ich kann nicht sehen, welche Steine fest sind und an welchen ich alles nach unten reißen würde", rief Ayra besorgt.

„Du weißt, wie breit deine Hand ist und wie lang dein Unterarm.", sagte Milan beruhigend. „Du greifst nach diesem Stein hier." Damit führte er ihre Linke zu einem scharfkantigen Stück Fels. „Und nach diesem." Er legte ihre Rechte auf eine Schieferplatte. „Jetzt ziehst du dich hoch. Deinen Fuß setzt du neben deine Linke. Dann greifst du mit links eine Armlänge nach oben und ungefähr zwei Handbreit nach rechts. Dort ist ein Stein, der dich hält."

Langsam, geduldig, Stück für Stück lotste er Ayra über das trügerische Geröll nach oben. „Und jetzt?", fragte Ayra, als sie mit dem Kopf schon gegen die Decke stieß.

„Leg dich auf das Leder und zieh dich mit den Händen vorwärts."

„Ich sehe dort auch nicht, was ich greifen darf und was nicht!"

„Aber Wyth, der getreulich neben dir ist, weiß jetzt wie er dich lotsen muss. Und jetzt beeil dich Ayra, wenn du nicht willst, dass mir der Berg auf den Kopf fällt. Die Zeit wird knapp."

Ayra schluckte. „Wyth?", zischte sie. „Wyth, wo bist du?"

„Hier" erklang es vor ihr. „Greif nach mir, dort ist der Stein." Und tatsächlich fand Ayra Halt.

„Und hier ist der nächste."

Es waren nur zwölf Züge durch die enge Lücke, aber Ayra kam es vor, als habe sie ihr halbes Leben mit eingezogenem Bauch eingeklemmt im Berg verbracht. Umso glücklicher war sie, als auf der anderen Seite Hion sie an den Händen fasste und behutsam aus dem Durchlass zog.

Die Prinzen atmeten tief durch und warteten nun auf Milan, der das Schlusslicht bildete. Kemal stemmte einen noch brauchbaren Stempen gegen die rissige

Stollendecke. Endlich konnten sie über das immer drängendere Ächzen und Knirschen hinweg Milan kommen hören.

„Los!“, brüllte er, kaum dass er durchgerutscht war. „Das Geröll gibt nach! Rennt!

Er packte Ayras Hand und zerrte sie rücksichtslos vorwärts, stolpernd und taumelnd zusammen mit den anderen, bis sie an einen Schacht gelangten, der nach oben führte. Oder geführt hätte, wenn sie etwas gehabt hätten, mit dem sie hinaufsteigen konnten. Hinter ihnen krachte es ohrenbetäubend und aus dem Stollen schoss eine Staubwolke, die sie mit einer dicken Schicht umhüllte.

„Hier ist mein Faden!“, rief Wyth triumphierend.

Wie er in diesem Dreck seinen Faden finden konnte, blieb Ayra ein Rätsel, aber hier und jetzt wollte sie sich nicht über Wunder beschweren.

„Kommt! Kommt, schnell“ Leise pfeifend verschwand die Spinne in einem der Stollen rechts von ihr.

Milan schob sie vorwärts, da die anderen Prinzen schon drängten. Es war nicht auszuschließen, dass noch weitere Stollen einstürzten.

Vor ihr war eine pfeifende Spinne auf dem Weg nach oben.

Ayra, war froh, den Tönen folgen zu können.

Und mit jedem Schritt wurde es leichter.

Sie spürte das Herz im Schrein in ihrem Rucksack ruhig und zuversichtlich schlagen.

Plötzlich schien alles machbar zu sein.

Hexerei

„Was ihr sagt, ist unerhört!“

Hylls stets tragende Stimme ließ die riesige Berghalle schrumpfen. Er sprang auf und baute sich vor Milan auf, der tapfer jedoch keinen Deut wich. Weder vor dem massigen Bergfürsten noch mit seiner Anklage.

„Weniger unerhört als ungehört, Fürst!“, erwiderte er gerade mit einer Ruhe, die sonst gewiss niemand in der vollbesetzten Halle verspürte. „Doch nur, weil es noch nie geglückt ist, Euch die Vorgänge im Schacht und dem dunklen Teil des Labyrinths der Prinzen zu Gehör zu bringen, heißt es doch nicht, dass es weniger wahr ist.“

„Wer bist du überhaupt, hier so aufzutreten?“, fragte Skada mit unverhohlener Abscheu.

„Ich bin der Prinz dieses Jahres, entsandt von den Menschen im Tal, den Fluch zu brechen. Seht mir nach, dass ich nicht den Weg durch die Halle in den Schacht nahm, sondern über einen alten Zwergstollen einfuhr.

Doch so oder so habe ich das Recht erworben, vor dem Bergfürst zu sprechen."

„Das hast du", schnappte Skada. „Und unhaltbare Lügen verbreitet!"

Milan setzte zu einer Erwiderung an, doch Hyll unterbrach ihn.

„Dein Verdienst steht außer Frage. Wir haben den Donner von Ferne aus der Tiefe des Bergs gehört und wir begrüßen die Rückkehr der Dunkelmaid ebenso wie die der Prinzen, auch wenn ihr Zustand fraglos beklagenswert ist."

„Man hört oft, das Bergmannleben sei nichts für Menschen", erklärte Amandar, der Zwerg. „Das kleine Volk sei dafür körperlich besser geeignet. Jetzt sehe ich, warum. Ausgezehrt, blass und von schlechtem Blut, zeigt sich an diesen Gestalten, dass der Mensch kein Wesen der Tiefe ist. Von der harten Arbeit werden ihnen vor der Zeit die Glieder steif und die Lunge lahm. Es ist schändlich, was diesen Männern widerfahren ist."

Er sah mit wenig Liebe zu Skada, die Milans Anklage empört verfolgt hatte. Auch der Bergfürst selbst schien nicht restlos überzeugt.

„Ich frage mich, warum das noch nie jemand erzählt hat", grollte Hyll und zog sich wieder auf seinen Thron zurück. „Meine erste Maid also soll die armen Prinzen in den Frondienst im Berg gepresst haben? Hinter einem Fluss aus Feuer? Sie soll mein Herz im Berg versteckt und damit mich, den Berg, das Tal an seinem Fuße und alle Wesen, die dort leben, mit einem Fluch belegt haben?“

„Das ist lächerlich!“, sagte nun endlich Skada.

„So scheint es auch mir. Warum sollte sie so etwas tun?“

„Habt Ihr Euch nie gefragt, woher Eure erste Maid für Euch all das Kristallflöz hat, mit dem Ihr Eure fantastischen Kristallfelder bestellt?“ Milan blieb unerschütterlich. „Kam es euch nie in den Sinn, dass es seltsam ist, wenn Skada in all den Jahren nichts von ihrer Schönheit einbüßt, während alle anderen Mädchen lange vor der Zeit welken wie Blumen am Feuer?“

„Nun ...“, setzte Hyll an. Doch dann zögerte er und sah zu Skada, die blass, aber gefasst wie üblich neben ihm stand.

„Das ist lächerlich!“, wiederholte die erste Maid. „Ich habe dem Bergfürst stets treu gedient.“

„Niemand bezweifelt deine Verdienste um den Bergfürsten, Skada“, setzte Milan unerbittlich nach. „Doch ich habe den Eindruck gewonnen, dass du dich anderen Maiden oder auch Gästen gegenüber weit weniger zuvorkommend verhältst."

„Und wenn schon!" Skada musterte Milan mit einem giftigen Blick. „Was kümmern mich die anderen? Ich bin hier, um dem Bergfürst zu dienen. Ihm und ihm allein!"

Ein verzweifelter Unterton schwang in ihrer Stimme, der Ayra aufhorchen ließ.

Sie stellte ihren Rucksack ab und zog das Herz im Schrein hervor.

Ein Raunen lief durch den Saal wie eine Welle über den See, brach sich an den Wänden und schwappte mit unterdrücktem Tuscheln wieder zurück.

„Wir sind losgezogen, Euer verlorenes Herz zu finden", sagte Ayra, sobald sich wieder Stille über den Saal senkte. „Wir haben es gefunden und aus dem Fels, in dem es steckte, befreit."

„Wie ... Wie ist euch das gelungen? Das ist unmöglich!" Skada starrte fassungslos auf den Schrein, in dem unter Ayras Händen deutlich spürbar ein Herz pulsierte. „Wie habt ihr das aus der Wand geholt? Unmöglich, dorthin zu klettern ..."

„Woher weißt du, wo das Herz war?“ Unter Hylls Worten begann das Herz im Schrein heftig zu schlagen. „Skada! Was hast du getan?“

Von der Heftigkeit seiner Worte erschrocken, wich Skada zurück, bis sie an ihren Stuhl stieß.

„Sprich!“

„Ich wollte nie mehr als Eure Liebe, Fürst! Für Euch habe ich alle getan, alles gegeben, jeden Tag an Eurer Seite nur um Euer Herz gebuhlt! Ihr spracht von Schönheit und ich bin schön! Schöner als jede Maid im Land. Ihr spracht von Reichtum und ich gab Euch Edelsteine. Ihr wolltet Gesellschaft und hier sind die Maiden. Das alles, damit Ihr an meiner Seite bleibt.“

„Gib mir mein Herz zurück, Hexe!“, befahl Hyll, ohne auf Skadas Worte einzugehen.

Ayra stellte den Schrein vorsichtig ab und wich zurück, als der Bergfürst vom Alkoven sprang und sich über den Schrein beugte. Sie konnte hören, wie sich Hylls Hände um den Kristallpanzer schlossen, in dem sein Herz verborgen lag, und schließlich drückten. Fest und immer fester, bis der Kristall in tausend Splitter barst und mit einem ohrenbetäubenden Knall das Herz Hyll mit solcher Wucht in die Brust zurücksprang, dass er davon benommen zu Boden stürzte.

„Was hast du angerichtet?“, kreischte Skada und beugte sich über den riesigen Leib des gestürzten Bergfürsten. „Weh dir, wenn du ihm etwas angetan hast …“

„Denkst du nicht, dass du das warst, die andere ins Unglück stürzte?“, wehrte sich Ayra. „Allein die Prinzen hier!“

„Erzählt mir nichts von den Prinzen! Sie haben willentlich und wissentlich ihr Leben aufs Spiel gesetzt, um den Fluch zu brechen. Mit ihrem Scheitern hatte ich jedes Recht, sie dem Fluch entsprechend in die Fron zu nehmen …“

„Aber du hast doch den Fluch erst gewirkt!“, rief nun Salea heftig von ihrem Sitz aus. „Wie konntest du nur?“

„Ich? Ich habe nur um Hylls Herz gebuhlt. Nichts anderes als seine Liebe habe ich mir je gewünscht. Ich brauchte Zeit, die ich mit ihm verbringen konnte, um ihn zu überzeugen. Ich musste den Fluch wirken. Wie sonst hätte ich ihn halten können, um ihn zu überzeugen?“

Stöhnend setzte sich der Bergfürst wieder auf und unterbrach so den Streit.

Er wies Skadas Fürsorge heftig zurück und erhob sich ohne Hilfe. Dann musterte er kalt seine erste Maid.

„Wie konntest du ernsthaft auf meine Liebe hoffen, wenn du mich doch meines Herzens beraubt hast?"

„Hyll ..." setzte Skada an, doch brach verlegen ab, als sie seinen Blick bemerkte.

„Ich habe dich geliebt, auch wenn ich es dir nicht zeigen konnte. Und wenn du so klug wärst, wie du glaubst, hättest du das auch gewusst. Denn wenn ich mein Herz nicht an dich verloren hätte, hättest du es nicht stehlen können. Niemand kann gegen seinen Willen seines Herzens beraubt werden."

Skada schluckte. Tränen standen in ihren Augen. „Oh, hättet Ihr das nur ein einziges Mal gesagt. Mir nur ein einziges Mal gezeigt ..."

„Ja, das ist ein Fehler, für den ich bitter bezahlt habe. Fürwahr bitter!" Bekümmert sah er zu den Prinzen, die gewaschen und frisch eingekleidet immer noch erbarmungswürdig wirkten und von allen mit entsetztem, mitfühlendem Seufzen empfangen worden waren.

Er wandte sich traurig den Maiden zu, die besorgt auf ihren Bänken rutschten und gar nicht wussten, wie ihnen geschah. „Und nicht nur ich habe gelitten. Und mit dieser Schuld muss ich fortan leben."

„Und nun?", würgte Skada gequält hervor.

Der Bergfürst ließ sich Zeit mit einer Antwort. Doch dann sprach er sehr ruhig und gefasst:

„Liebe ich dich noch immer. Auf meine Weise werde ich das immer tun, Skada."

„Hyll..." setzte Skada noch einmal an, doch brach ab.

Sie schien zu spüren, dass diese Liebeserklärung nicht zu einem guten Ende führen würde.

Milan stand ruhig neben Ayra und betrachtete die Szene vor ihm. Unwillkürlich fragte sich Ayra, was es da zu sehen gab, wie all die Emotionen aussahen, die sie so wild umwaberten. Die Bitterkeit, der Zorn, die Verzweiflung, Reue und auch das Mitleid und die Erleichterung ... da war so viel.

Doch für die Liebe, die doch das mächtigste Gefühl von allen sein sollte, für sie war kein Platz. Sie erschrak, als Milan plötzlich nach ihrer Hand griff, gerade in dem Augenblick, als Hyll weitersprach.

„Ja, ich liebe dich, Skada. Und ich hatte es dir zeigen sollen. Doch das ist nun einmal geschehen und nicht rückgängig zu machen."

„So lass uns nach vorne sehen..."

So wie Skada das sagte, erinnerte sie Ayra an den alten Andras, der dem Schnaps nicht widerstehen konnte, und immer ähnlich sehnsuchtsvoll den Wirt um nur noch ein Glas bat.

Doch Hyll bewegte sich nicht.

„Das müssen wir, doch ich sehe dort nichts Schönes, Skada. Denn ich kann dir nicht mehr vertrauen. Ich kann nicht ertragen, zu was du mich gemacht hast, zu was du die Maiden gemacht hast, was aus dem Tal geworden ist. Nie wieder kann ich dich ansehen, ohne an das Leid zu denken.“ Er seufzte laut. „Du bist für mich und alle hier untrennbar mit unbeschreiblichem Leid verbunden. Geh! Ich will dich nicht mehr sehen! Verlass mein Reich und kehre nie zurück!“

Skada gab einen seltsam erstickten Laut von sich und Ayra war, als hörte sie darunter etwas Gläsernes brechen.

„Du zerreißt mir das Herz!“, stammelte sie. „Hyll…!“

„Geh!“, befahl der Bergfürst unerbittlich.

Da drehte sich Skada um und rannte davon, in den hinteren Teil der Halle, auf den Schacht zu.

„Haltet sie auf!“, brüllte Kemal. „Sie will sich in den Schacht stürzen!“

Doch es war zu spät.

Skadas Schrei dehnte sich wie ein Spinnenfaden, als sie in die Tiefe stürzte, warf im Schacht Echos, die zusammen mit ihrem Schrei mit einem Mal jäh verstummten, beschnitten von einem dumpfen Aufprall.

Kurz war es still, doch dann schrie der Bergfürst seinen Schmerz hinaus, so laut, dass alle anderen Stimmen darin untergingen.

Ayra hätte sich gern die Ohren zugehalten, doch Milan hielt ihre Hand so fest umklammert, als fürchte er, andernfalls wie Skada zu stürzen.

Kreisschlüsse

„Ohne das Herz, dessen Puls die Wände zum Vibrieren brachte und damit den Feuerstrom nach oben pumpte, kommt der Berg zur Ruhe und das Kristallflöz erhärtet wieder“, erklärte Amandar ein paar Tage später am Berghof.

„Das bedeutet, dass ich keine Kristalle mehr bekomme?“ In Hylls Stimme klang Wehmut. „Das ist misslich, doch seit ich mein Herz wieder spüre, erträglich. Ich denke fast, meine Sehnsucht nach Kristallen rührt daher, dass mein Herz von Kristall umschlossen war.“

„Ich bin von der Magie frei geboren, aber das kann durchaus sein“, stimmte der Zwerg ihm zu. „Allerdings müsst ihr nicht notwendig auf Flöz verzichten. Wenn Ihr den Berg für mein Volk öffnet, könnten wir Euch behilflich sein.“

„Wie das?“

„Mittels Feuersetzen kann mein Haufen für Euch das Flöz herausholen. Wir setzen Feuer in einem Stollen und kühlen dann mit kaltem Wasser. Durch den Temperaturwechsel springt der Stein und dann holen wir mit Schlägel und Eisen die Kristalle heraus."

„Das klingt gut. Ich würde mich freuen, das kleine Volk in meinem Berg willkommen zu heißen. Ich möchte den Kristallhandel noch ausweiten. Thogan will mir dabei helfen."

Ayra, die bislang stumm gewartet hatte, lächelte unwillkürlich bei dem Gedanken an den Händler, der ihr so geholfen hatte.

„Meine Dunkelmaid", rief Hyll, als er sie bemerkte. „Komm näher! Nachdem du uns alle befreit hast, sollst du die schönsten meiner Werke haben. Noch feiert alle Welt die mutige Dunkelmaid, doch wir machen aus dir eine Kristallprinzessin!" Er lachte vergnügt, für einen Moment wenigstens. Auch Hyll würde Zeit brauchen, um seinen Frieden zu finden.

„Doch wie kann ich dir heute helfen, Ayra?"

„Ich habe Neuigkeiten", erklärte sie ruhig. „Niamá, die Hexe von Walldorf, hat sich den Schacht angesehen und auch die Maiden untersucht. Sie sagte mir, der

Fluch sei tatsächlich gebrochen. Auch der Zauber, der die Ängste im Berg hielt, ist fort. Das ist gut."

„Wie geht es den anderen Maiden?", fragte Hyll besorgt.

Ayra entschied sich schweren Herzens für eine knappe Antwort: „Mit Skadas Tod kam ihre Lebenskraft zu ihnen zurück. Sie erholen sich. Das heißt, sie passen sich wieder ihrem tatsächlichen Alter an. Doch natürlich sind einige der Maiden über die Zeit zu alten Frauen geworden."

Sie sagte nicht, wie sehr sie sich für ihre Freundin Salea freute, die mit ihrer Kraft auch ihre Lebensfreude und ihren Schwung wiedergefunden hatte.

„Das werden sie mir nie verzeihen."

„Oh doch, denn wir alle wissen, dass auch Ihr getäuscht und bezaubert wart. Einige wollen sogar am Berghof bleiben", tröstete sie Hyll sanft. „Einige allerdings möchten nach Hause gehen."

„Eine jede darf kommen und gehen wie sie möchte. Der Berghof steht meinen Maiden für immer offen."

Hyll seufzte.

„Und was ist mit Euch?", fragte Amandar. „Wie sieht es mit Euch aus?"

„Ich bin nicht mehr an den Berg gefesselt“, sagte Hyll ruhig. „Doch der Fluch hat mein Aussehen so verändert, dass alle Welt, die auf mich nicht vorbereitet ist, schreiend davonlaufen wird. Es erscheint mir daher ratsam, hier zu bleiben.“ Der Bergfürst lächelte. „Doch ich freue mich darauf, mit meinen Freuden durch die Wälder zu ziehen und den Mond, die Sterne und vielleicht auch die Sonne zu bestaunen.“

Amandar hob seinen Kelch. „Darauf lasst uns trinken.“

Schritte kamen an den Tisch.

„Milan, mein Held!“, begrüßte ihn Hyll. „Was ist dein Begehr?“

„Meine Mission ist erfüllt und so muss ich zurück zur Burg meines Vaters“, sagte Milan. „Doch zuvor wollte ich noch mit Ayra sprechen.“

Hyll lachte. „Wer bin ich, dir eine Audienz bei deiner Maid zu verwehren?“ Er schob seinen Stuhl zurück und wandte sich an Amandar: „Komm, lass uns die Kristallfelder besichtigen, damit du siehst, was du mir aus dem Berg holen musst.“

„Es ist mir ein Vergnügen.“ Nachdem Amandar seinen Kelch abgestellt hatte, folgte er dem Bergfürsten aus der Halle.

„Du reist schon ab?“, fragte Ayra, der bei dem Gedanken schwer ums Herz wurde. „So schnell?“

„Dir gefällt es wohl nicht am Berghof?“, mutmaßte Wyth, der natürlich auch geehrt worden war. „Zieht es dich hinaus in die weite Welt?“

Milan räusperte sich verlegen. „Vater verlangt nach mir, denn immerhin soll ich einmal die Grafschaft übernehmen. Und anders als Ayra werde ich hier nicht mehr gebraucht.“

„Von Hyll vielleicht …“, schränkte Ayra ein.

„Nun, es ist sein Hof.“ Milan setzte sich zu ihr. Unwillkürlich sog Ayra die Luft ein, um seinen Geruch zu erhaschen.

Wie immer, wenn er in der Nähe war, pochte ihr Herz so schnell, dass ihr Magen zu kribbeln begann.

„Ich muss viel an Skada denken“, sagte Milan schließlich. Er klang sehr sonderbar, obwohl die Schwellung mit Niamás Hilfe abgeklungen war und es eigentlich keinen Grund mehr dafür gab.

„Es ist tragisch“, sagte Ayra unverbindlich, weil sie so gar nicht wusste, weshalb Milan zu ihrem Abschied ausgerechnet Skada ansprach. „Doch für Hyll ist es schlimmer, denn er muss mit ihrem Tod leben …“

„Darum bin ich hier“, sagte Milan schnell.

„Wegen Hyll?“ Jetzt verstand Ayra gar nichts mehr.

„Ja! Nein!“ Milan seufzte und ergriff ihre Hände. Wie flatterig und feucht seine sonst so ruhigen kräftigen Hände heute waren. „Hör mir bitte zu, Ayra!“

Neugierig wandte sie sich ihm zu. „Ja?“

„Ich will nicht so werden wie Hyll!“ Milan sagte das sehr ernst, mit Nachdruck. „Ich möchte nicht eines Tages zurückblicken und nur Scherben an meinem Lebensweg sehen, weil ich alle Gelegenheiten verpasst habe, die das Schicksal mir bot. Unser Tal wird viel Zeit und Pflege brauchen, um neu zu erblühen. Es wird meine Aufgabe sein, das zu steuern. Doch wie soll ich diese Pflicht erfüllen, wenn mir mein Herz fehlt, wenn ich keine Frau an meiner Seite habe, der dieses Tal genauso Heimat ist wie mir?“

„Nun, dein Vater wird sicherlich…“

Der Druck von Milans Händen verstärkte sich und so brach Ayra ratlos ab. Worauf wollte Milan hinaus?

„Ich bin hierhergekommen, um meiner lieben Freundin beizustehen, um meinem Land, das ich einmal erben soll, einen Dienst zu erweisen. Aber noch bevor ich das Labyrinth erreicht habe, erkannte ich, dass ich mehr will. Dass ich dich will. Dass ich das schon immer wollte, auch wenn ich es nie gesagt habe. Aber ich will dich wirklich. Hier und jetzt und für immer. Ich will dich an meiner Seite wissen. Ich will unsere Liebe *leben*. Willst du meine Frau werden, Ayra?“

Ayra schluckte. Wo kamen plötzlich die Tränen her? Wie konnte sie das nicht gemerkt haben? Weil ihr Wunsch der befürchteten Enttäuschung erlegen war?

„Ayra?“ In Milans Stimme lag solche Sorge. „Sag doch was, um der Götter willen!“

Sie lächelte. „Nichts will ich lieber.“

„Wie wäre es, wenn ihr euch jetzt küsst?“, fragte Wyth unweit ihrer Hände.

Und das musste er ihnen nicht zweimal sagen.

ENDE

Recherche

In diesem Buch habe ich mich sehr intensiv mit zwei Themenkomplexen befasst, mit Blindsein und Bergbau. Beides habe ich nicht so geplant, sondern es hat sich im Lauf der Geschichte ergeben, wie es bei Bauchschreibern wie mir öfter vorkommt.

Für Blinde und Menschen mit einer wesentlichen Sehbehinderung ist das Gehör neben der Kommunikation vor allem für die räumliche Orientierung wichtig. Grundsätzlich gelten akustische Eindrücke als verlässlicher als optische, nicht umsonst ist häufiger von optischen Täuschungen die Rede. Menschen mit fehlender oder beeinträchtigter Sehkraft nutzen akustische Eindrücke viel stärker, weswegen ihr Hörsinn besser trainiert ist. Die Einschätzung und Ortung akustischer Signale trägt wesentlich zur Orientierung bei. Manchmal nutzen Blinde auch eine Form von Echolot, indem sie leise mit der Zunge schnalzen und das Reflektieren des Geräusches registrieren.

Die akustischen Signale kombinieren Blinde und Sehbehinderte immer mit den Eindrücken ihres Tastsinns, die sie über das räumliche Sondieren mit einem Stock erhalten.

Auch die Interpretation von Gesprochenem in einer Unterhaltung ist bei Blinden und Sehbehinderten besser ausgeprägt. Sie können meistens Sprachnuancen und Emotionen gut wahrnehmen und einordnen. Wenn man so wie Ayra von Geburt an blind ist, passt sich auch das Gehirn an und nimmt eine andere Entwicklung. Studien belegen, dass der visuelle Cortex, der für optische Eindrücke verantwortliche Teil des Großhirns, auch bei Blinden aktiv ist, allerdings mit anderen Aufgaben. So verarbeitete er dem MRT zufolge Informationen zusammen mit dem auditiven Cortex, der akustische Reize verarbeitet.

Wer sich näher über das Schnalzen informieren möchte, mit dem Ayra sich so gut orientieren kann, sollte sich diese Seiten hier ansehen:

- https://www.anderes-sehen.de/akustische-orientierung-mobilitat/akustische-sensibilisierung/
- https://de.wikipedia.org/wiki/Menschliche_Echoortung

Unerwartet spannend war auch die Recherche rund ums Bergwerk. Der Bergmannsberuf war bis weit ins 19. Jahrhundert hinein ein so wichtiger wie gefährlicher Beruf, ohne den aber die Industrialisierung nicht möglich gewesen wäre. Wer sich für die Welt unter Tage, ihre Regeln, Gefahren und Herausforderungen interessiert, dem kann ich nur die Seiten des Deutschen Museums in München empfehlen und ebenso die Abhandlung zu den Arbeitsbedingungen der Kumpel.

- Martin: Allgegenwärtiger Tod im Bergbau
- https://www.deutsches-museum.de/museumsinsel/ausstellung/bergwerk

Dankeschön

Ein Autor ist immer nur so gut wie sein Team. Und ich kann nicht genug betonen, wie froh ich bin, dass ich so viele Menschen habe, die mich unterstützen.

Ob das meine Betaleser sind, die Mädels vom Lektorat oder mein herzallerliebster Cover-Designer. Besonderer Dank dieses mal an Ela Theede und Bianca Graetz.

Mein Tierpark, dessen Alltagsgeschichten ich literarisch aufbereitet gnadenlos für meine Geschichten ausschlachte. So auch hier, denn tatsächlich ist die Idee zu Wyth entstanden, weil allnächtlich eine Kellerspinne hinter meinem Schreibsessel hervorkommt, vorsichtig prüft, ob keine Katze da ist, und dann hinter einem Sideboard zu verschwinden, bevor sie nach erledigter Spinnenmission wieder an ihren Sesselplatz zurückkehrt.

Und dann ist da natürlich noch meine Kollegin Lilly Labord, der ich so viel verdanke, dass ich ihr gar nicht genug danken kann.

Dann, nach der Veröffentlichung die Blogger, die der Welt erzählen, dass es da ein Buch gibt, das gekauft, gelesen und geliebt werden will.

Vor allen Dingen aber gilt mein Dank meinen Lesern, die sich auf und über meine Bücher freuen, die den Figuren, die mir so ans Herz gewachsen sind, mit ihrer Vorstellungskraft in ihrem Kopf einen Lebensraum schaffen, denen möchte ich ganz besonders danken. Auch im Namen von Ayra, denn Ayras Geschichte will erzählt und erlebt werden. Und die von Wyth natürlich auch.

DANKE!

Lesetipps

Zusammen mit meiner lieben Kollegin Lilly Labord schreibe ich seit einigen Jahren in der Schattenwelt und über ihre Wesen, und zwar in einer genre-, zeit- und ortsübergreifenden Form. Die Schattenwelt ist jener Teil unserer Gesellschaft, der aufgrund seiner paranormalen Fähigkeiten oder Eigenarten weitestgehend unbemerkt neben und auch mitten unter uns lebt, in den Schatten eben. Ob das nun realisierungsferne Spezies wie Elfen, Nymphen, Vampire und Werwölfe sind, die gar nicht wollen, dass publik wird, wo sie überall mitmischen, Magier, Hexen oder auch Engel und Dämonen – sie alle sind da und mittendrin, statt nur dabei.

Und dies sind ihre Abenteuer (aber längst nicht alle!):

- **Paranormale Romanzen** (4 Bände) mit der Hochzeitsvermittlerin Lilly, die nicht nur paranormale Ehen organisiert, sondern auch selbst ihr Herz verliert (Lilly Labord).

- **Vampire Guides** – 4 Bände um die frischgebissene Vampirin Alexa, die sich mit der spannenden Frage befassen, was passiert, wenn es passiert und wie man als freiheitsliebender Vampir einen seinem Rudel verpflichteten Werwolf zähmt (Kay Noa).
- **Paranormal Fragrances** – 3 Bände, die in die amerikanische Schattenwelt entführen und zeigen, wie sich die Vampire dort etabliert haben, ganz anders nämlich, als wir das aus Europa kennen (Lilly Labord).
- **Hellion** – 3 Bände aus der italienischen Schattenwelt, um Uriel einen Engel mit schwierigem Charakter und Lucia, eine Halbdämonin in der Identitätskrise (Kay Noa).
- **Zum Kaffee bei Mr. Dalton/Die Asperischen Magier** – 5 Bände um Holly, die auf dem Weg in die Schattenwelt Londons und den Bund der Asperischen Magier auch ihr eigenes Potential als Magierin erkennt. Nicht immer freiwillig (Lilly Labord).
- **Whitehall Shadows** – 4 Bände um die DIA, die geheimste Abteilung von Scotland Yard, dem Department of Interspecific Affairs, die für die Verbrechen an und von Schattenwelt-Bewohnern zuständig ist (Kay Noa und Lilly Labord).

- Zwei ganz besondere Magier – 3 Bände um Ben und Linnea, die ihre Magie über das Kochen und Backen kanalisieren und dabei nicht nur Gaumenabenteuer erleben (Lilly Labord).
- Moderne Märchen – 5 Bände, in denen eine sehr schrullige Fee zu Weihnachten in München ein bekanntes Märchen nocheinmal wahr werden lässt (Kay Noa).
- Truly's Crimes – 3 Bände um die Junghexe Truly, die im Exil im entlegenen Cornwall und seinen skurrilen Bewohnern aus der Normwelt und den Schatten von Kriminalfall zu Kriminalfall stolpert (Kay Noa).
- Schwerttanz-Saga – meine bislang aus 8 Bänden bestehende High Fantasy-Saga, in deren Welt auch das Labyrinth der Prinzen liegt (Kay Noa).

Printed in Germany
by Amazon Distribution
GmbH, Leipzig

26562378R00159